北京バイオリン

上

著——伊藤卓
脚本——イエン・ガン
チェン・カイコー

北京バイオリン 上

目次

本書は、中国放送時のオリジナル脚本およびドラマ本編を基に、作品のテーマを損なわないようノベライズ化したため、一部、現在の中国の事象にそぐわない記述がございます。また、本書に登場する固有名詞は実在の人物・団体などとは関係がございません。ご了承の上、お読みください。

プロローグ

北京・一九八七

誰の人生にも忘れられぬ食事の時間というものはあるが、劉成《リュウ・チェン》の場合は二十九歳の或る晩にその時間は訪れた。

既に両親を亡くし、生まれ育った北京の四合院（註：中庭を四つの棟が囲む中国の伝統的な建築。もともとは上流階級の住居だったが、革命後は複数の家族が暮らす集合住宅となった）の一室で知的障害を背負ったまだ幼い妹と二人きりで暮らす彼。過ちを犯して刑務所に入ったこともある彼のことを何かと気にかけてくれたのは、隣人である郭《グオ》おばさんぐらいのものであった。

その晩も、妹の春梅《チュンメイ》のために手作りの炸醤麺を持って郭おばさんが訪ねてきた。小柄だがいつも元気で世話焼きなおばさんは、劉成の分は〈ウチの人〉が用意しているから自分の家に食べに行けと言う。好物の炸醤麺に自分もありつけると聞いて劉成は、春梅とおばさんを残していそいそと隣家に向かった。そんな劉成の痩せた背中をみつめながら、おばさんは呟《つぶや》いた。

「あの人、うまくやってくれるかしら」

郭おばさんの家は殺風景な劉成の家とはまるで異なり、多くの家具や道具がきちんと整理され、いかにも居心地が良さそうだった。奥の方からは美味しそうな匂いも漂ってくる。そんな当たり前の暮らし、平凡な幸せが詰め込まれた空間で、劉成は久しぶりに自分の人生から失われてしまったものを突きつけられた。彼の胸を切ない想いがよぎり、いつの間にか身に着けてしまった虚勢が剥げ落ちて、劉成の心は子供の頃の素直で柔らかなものに戻っていった。

そんな劉成の気配を感じたおじさんが台所から声をかけた。

「来たか、劉成。まあ、楽にくつろいでいなさい。そうだ、麺は水洗いして締めた方が好きかな？」

「はい」

「よし、わかった」

「あ、ざっと洗うだけで簡単でいいですよ」

卓上に並ぶ千切りの胡瓜《きゅうり》、焼き玉子、肉味噌を入れた皿や鉢を眺めながら、劉成は答えた。

「麺は、やっぱり大盛りかい」

「いえ、少なめで結構ですから」

「よし。さあ、できたぞ。座って食べなさい。食べながら話をしようじゃないか」

おじさんは恰幅のいい姿を見せると、麺を盛った皿を劉成の目の前に置き、自分も腰を据えた。

「いただきます」

劉成は箸を取り、麺に肉味噌と具材をたっぷり乗せて掻き混ぜた。ほどよく混ざったところで口に運ぶ。甘辛い肉味噌と爽やかな胡瓜、コクのある焼き玉子が茹でたての麺と絡まってたまらない。

「美味いか？」

嬉しそうに頷《うなず》く劉成を前に、おじさんは思慮深そうな面持ちで続けた。

「おまえは両親共に早くに死に別れた。だから、躾《しつけ》を充分に受けることができなかった。おまえは心根は良い。だが、その怒りやすさ、短気はいかん」

劉成の口の中で炸醤麺の味が消えた。麺をすすっても何の味もしない。御馳走してくれるというのは口実だったのか。思わず表情にとまどいの色が浮かんだ。

「わしに説教されるのは嫌か」

「いえ、続けてください」

「おまえの父も母も、おまえをきちんと教育することができなかった。わしはおまえの父親より二つ年上だった。だから今日はわしが父親に成り代わっておまえを叱ろう。かまわないか？」

「はい」

劉成は神妙に答えた。おじさんは正面から自分に向き合っている。目が真剣だ。これまでつきあってきた不良仲間のように自分を利用しようとしたり、適当に調子を合わせているわけではない。ちょっとは世間を見てきた自分だ。そのぐらいのことはわかる。

おじさんは劉成の目を見ながら立ち上がると卓上の箸を握り、いきなり彼の後頭部をそれで打った。

「この馬鹿者めが！」

突然のなりゆきに劉成は驚いた。打たれた痛みはどうということはないが、温厚なおじさんが人に手を上げるところを初めて見たのだ。

「いいから食べながら聞くんだ。おまえは大馬鹿者だ！　身勝手な愚か者だ。わしが何も見ていないと思うか？　ちゃんと見ていたぞ。なぜ桂蘭《クイラン》に暴力をふるうんだ」

劉成はすぐに思い当たった。あれは昨日の夕方のことだ。仕事から戻ると春梅が黴《かび》の生えた焼餅を食べていた。あわてて取り上げ、誰に貰《もら》ったのかと尋ねると「おねえさんだよ」と言う。〈おねえさん〉とは、春梅の面倒をみてくれている近所の娘、桂蘭のことに違いない。頭に血が上った彼は、ちょうど劉成と春梅の夕餉《ゆうげ》を支度するべく食材を持って訪ねてきた彼女をいきなり蹴り倒し、怒鳴りつけたのだ。突然暴力をふるわれた彼女はショックを受け、泣きながら駆け去っていった。

「桂蘭はよくやっている。いくら妹が大事でもいきなり蹴りつけるとは何事だ。桂蘭のやさしさが、おまえには伝わらないのか」

おじさんは憤懣《ふんまん》やる方なしといった様子で天を仰いだ。

「いいか、嫁入り前の娘がおまえのような貧乏人の洗濯や食事の世話をやいてくれているんだ。これは感謝して当然のことなんだぞ。それをなんてことだ。嗚呼《ああ》、まったく昔の人の言うとおりだ。善人ばかりが虐《しいた》げられる。善人ほど他人につけ込まれる」

劉成はおじさんの言葉にうなだれるしかなかった。まったくその通りなのだ。自分は考えがなかった。蘭子《ランツ》（註・桂蘭の愛称）はこんな自分ばかりか春梅にもやさしく接してくれている。そんな娘に自分は乱暴を働いた。本当は蘭子に好意を抱いているのに。あのふっくらとした柔らかな表情が好きなのに。劉成は短気な自分が情けなくてたまらなくなった。

「おじさん、……俺が悪かった。よくわかったよ」

「そうか……。劉成、わしがこれまでの人生で学んだことを教えよう」

おじさんは、劉成の前に座ると子供に言い聞かすようにゆっくりと話した。

「それはな、借りを作ってはならない、誰からも借りを作ってはならんということだ。もし借りを作ってしまったら、意地でもそれを返さなくてはならない。ツケは必ず廻《まわ》ってくる。受けた恩は返さねばならぬのだ。いいか、桂蘭はいい娘だ。傷つけるんじゃないぞ。もし、そんなことをしたならおまえには天罰が下るからな」

劉成は鼻の奥がツンとした。蘭子のことを想ったのだ。刑務所から帰ってきた自分を、刑期中に心労で死んだ母に代わって迎え、近所の白い目を気にせず、また荒《すさ》みかけた自分に手を差しのべてくれた彼女。まがりなりにも更生できたのは、彼女の力ではなかったか。彼女の笑顔が伝えるぬくもりのためではなかったか。熱いものが劉成の頬を伝いだし、彼はあわてて指で頬を拭《ぬぐ》った。

「何を泣いているんだ。ほら、夕べ探していたのはこれだろう」

おじさんが差し出した布の中には、劉成が乱暴を働いたときに割れた桂蘭の翡翠《ひすい》の腕輪が在った。彼女が母親からもらった品だとして日頃から大事にしていた腕輪だった。後で四合院の中庭を探したのだがみつからなかったものだ。

「どうやら反省しているようだな。心配するな、腕輪の繋《つな》ぎ方は教えてやる。さ、今は麺を食べろ。残すんじゃないぞ」

劉成は、この晩に涙と共に食べた炸醤麺の味と、おじさんが語った人生訓を忘れることはなかった。だが、このとき受けた教えを完全に自分のものとするには、今しばらくの時間が必要であった。

翌日、劉成は桂蘭に心から詫び、許しを得た。公園で摘んだ花と寝る間を惜しんで直した腕輪を渡した。腕輪は桂蘭が嵌《は》めようとしたらまた割れてしまったが、二人の心は割れることなく繋がったままだった。桂蘭を女手ひとつで育てた母親は前科のある劉成を嫌っていたが、いつかは許してもらえると二人は信じていた。劉成にとって桂蘭は生きる希望であり、ついつい自堕落に崩れそうになる彼の心がすがる命綱であった。そして桂蘭は、自分が劉成の助けになっていることが何よりも嬉しかった。

だが数日後、劉成と桂蘭の陽だまりのような安らぎを踏みにじる形で運命の歯車は回転した。何の前触れもなく、それまで元気に遊んでいた春梅が倒れたのだ。青ざめた顔の劉成に、春梅が担ぎ込まれた病院の医師は、彼女には緊急の手術が必要だと告げた。反射的に「よろしくお願いします」と医師に頭を下げた劉成だったが、碌《ろく》に蓄えのない劉成に手術代を工面することはできようはずもなかった。桂蘭には、彼女が二人の結婚資金にと貯めてきた貯金を提供してもらったが、それだけでは到底足らず、確たる当てもないまま劉成は金策に走り回った。

そして、うまくいかぬ金策に心を擦り減らした劉成が、とりあえず病院に戻ろうとした夜道、次の運命が劉成を待ち受けていた。

幼なじみの麻三《マー・サン》が、病院へ向かう途中の劉成に声をかけてきたのだ。胡同（註：北京の裏通りや路地、横丁の総称）の暗がりから、見慣れた麻三のギョロ目が出てきたとき、彼に借金のある劉成は気づかぬふりをして通り過ぎようとしたのだが、目ざとい麻三に呼び止められてしまった。

「おい、劉成！」

「悪いな、借金の話なら今度にしてくれ」

劉成は麻三のダミ声から逃れようと足を速めたが、麻三はすばやく動き、劉成の肩に手をかけて引き止めた。

「待てよ、儲け話があるんだよ。これをやっとけば借金どころか、ちょっとした金が手元に残るぞ」

麻三は連れていた大頭《ダートウ》と名乗る大男を紹介し、儲け話の中身を説明した。この大頭の仲間の情報によると、ここからほど近い西郊倉庫に広州から届いたウールと日本製のラジカセが、少しぐらい運び出しても気づかれないほど大量に保管されているというのだ。

「そのブツを運び出すのに、おまえの持ってる荷車を貸してほしいのさ、おまえ込みでな」

煙草に火を着けると麻三は笑った。

「なにしろ、あの荷車はボロすぎて、持ち主様でもないととてもじゃないが使いこなせないからさ」

劉成は今さら盗みになど加わりたくはなかったが、手術代の捻出ができればと、さんざん迷った末に仲間に加わった。だが、いざ倉庫の前まで行くと、胸の中に桂蘭の顔が浮かんだ。やはり、ここで悪事を働いてはなるまい。また桂蘭を泣かすのは嫌だ。二人の未来を失くすのはごめんだ。

「麻三、悪いが俺はやっぱり降りる。荷車は勝手に使ってくれ。だが、俺は帰る」

そう言い捨てて仲間に背を向けた劉成だったが、もう手遅れだった。運悪く彼は倉庫から引き返すところを、窃盗犯を警戒していた警官に逮捕されてしまった。劉成は遂に春梅が入院し、桂蘭が付き添う病院へは辿《たど》り着けなかった。

そして裁判が始まり、判決が下った。

「被告人、劉成。男性、二十九歳。中華人民共和国刑事訴訟法第五章二六四条に基づき三年の懲役刑に処す」

裁判官が読み上げる判決文を被告席の劉成は虚《うつ》ろな気持ちで聞いた。拘留中に許された一回限りの電話で桂蘭と連絡をとった彼は、春梅が既に息をひきとったことを聞かされていたのだ。

自分は何で此処《ここ》にいるのだろう。何のために此処にいるのだろう。判決の内容とは無関係に、答えの出ない問いが、劉成の頭の中で果てしなく繰り返されていた。言い渡される刑期が何年であろうと、自分がとてつもなく大事なものを失ったことに変わりはないのだ。

第1章

北京・一九九〇　運命の交錯

懲役三年の判決を受けた劉成《リュウ・チェン》が送られたのは、北京の北東に位置する遼寧省の梁水河労改農場だった。

劉成は厳しい肉体労働に耐え、囚人たちによるリンチにも耐え、ひたすら刑期の終わりを待った。

彼を支えたのは桂蘭《クイラン》の存在だった。管理官に頼み込んではかけさせてもらう長距離電話は彼女の母親に阻まれて一度も繋《つな》いでもらえなかったが、この彼女の姿はおろか肉声に触れることもかなわぬ歳月は、劉成の桂蘭に対する感情を限りなく純化していった。管理官のおめこぼしを受けて、あの割ってしまった翡翠《ひすい》の腕輪のせめてもの代わりにと食堂の匙《さじ》から作った腕輪を磨きながら、劉成はひたすら桂蘭のことを想った。

そんな劉成だから、自分に対する囚人仲間のからかいには耐えられても、桂蘭に対する侮辱は許せなかった。

あと二ヵ月で刑期が終わるという時期、或る囚人が口にした「どうせ今頃は他の男に抱かれてるさ」という言葉を無視することが、どうしても劉成にはできなかった。口に出した男にとっては単なる軽口であっても、劉成にとっては自分の存在を頭から否定されたようなものだったのだ。劉成はその瞬間、喧嘩に明け暮れていた昔の短気で粗暴な若者に戻り、後先かまわずその場にあった煉瓦《れんが》を摑《つか》んで男に殴りかかっていった。

この一瞬の激昂《げっこう》の代償は、六ヵ月の刑期延長であった。

三年半の刑期を終えた劉成が北京に戻った日。一九九〇年六月二日。再び運命的な瞬間が彼を待ち受けていた。彼のその後の人生に大きく関わる人物たちが幾人も、互いにそれとは知らずに集い、劉成の到着に立ち会うこととなったのだ。

劉成は列車が北京南駅に近づくにつれ落ち着きを失った。桂蘭に打った電報。出所の日と北京に戻る列車を記した電報は、ちゃんと彼女に届いただろうか。彼女はホームまで来てくれているだろうか。それとも駅前で待っていてくれるのだろうか。それとも……。劉成は彼女は来ないという辛い考えが脳裡《のうり》に浮かぶ度に必死にそれと闘い、その暗い思考を振るい落としていた。

そして列車が停まった。六月の朝の光の中に建つ古びた駅舎の佇まいは、何も変わっていないように見える。大勢のさまざまな顔つき、年齢、服装の人々がホームを行き交っている。

劉成はホームに降り立った。三年半ぶりに劉成を故郷の、北京の空気が包む。列車から降りながら劉成は首をめぐらして桂蘭の姿を探したが、想い焦がれてきたそのやさしい姿はホームの何処にもみつからなかった。これだけ人がいるのに、なぜ此処《ここ》にいてほしい人だけがいないのだと落胆しながら足を踏み出したとき、劉成は若い女性と肩がぶつかった。

「すみません」

反射的に振り向くと、ほんの一瞬だけ視線が交わった。洒落たモノトーンの服に身を包んだ華奢《きゃしゃ》なその人は、ほとんど少女といってもいい年齢。美しく清楚な顔立ちとそこに浮かんだ哀しげで寂しげな表情は、桂蘭のことに心を奪われていた劉成にすらも強い印象を残した。なんて儚《はかな》げな美人だろうと。

ホームの人ごみを抜けたとき、劉成は駅舎の片隅の台の上にバイオリン・ケースと赤ん坊が並んで置き去りにされているのに気づいた。

「誰の子だい？」

劉成は大声をあげて辺りを見まわした。だが、行き交う人々は皆忙しげで、誰も反応を返してこない。

「誰の子だ？」

劉成は赤ん坊を抱え上げ、バイオリン・ケースを背負うとまた声をあげた。

「誰の子なんだ？」

赤ん坊はおとなしく劉成を見上げている。色白で大きな二重の目をした子だ。そんな見つめ合う二人に、雑踏の中から視線を投げかけている人物がいた。さきほどの華奢な美人だ。彼女は一旦立ち止まり、劉成と赤ん坊の様子をみつめると、何かを得心したような面持ちでまた歩みだした。

劉成が赤ん坊を抱えたまま立ち尽くしていると、ホームの先の方から引きつった声が響いた。

「事故だぞ！」

途端に周囲の人の流れが変わった。誰もが現場を見ようとホームの先へ走り出す。劉成も、そんな人の流れに呑まれたが、あたりのただならぬ雰囲気に怯《おび》えたのか赤ん坊が泣き出し、彼の足を止めさせた。

その瞬間、現場に向けて殺到する人たちの頭越しに、劉成は線路に散った血痕と引き裂かれたモノトーンの衣服の一部を見た。

（さっきの人だ。あの女性の服だ。なんということだ。あんなに若かったのに。あんなに美しかったのに……）

呆然としながら改札へ向けて歩きだした劉成にぶつからんばかりの勢いで、一人の男が駆けてきた。眼鏡をかけ豊かな髭《ひげ》を蓄えた人品卑しからぬ中年の男だ。

「どいてくれ！　通してくれ！」

絶叫しながら駆け続け、現場の前に達した男は惨状を前に膝をついて崩れ落ちた。

「紫心《ツーシン》……」

男の唇からは悲痛な叫びが漏れたが、既に歩み去った劉成の耳にはそれは届かなかった。


いったいどうやって駅から自宅まで辿《たど》り着いたのか劉成は覚えていない。いろんなことがありすぎた。桂蘭のことだけでも頭は一杯なのに赤ん坊を拾い、投身自殺の現場に居合わせるとは。

しかし身体は覚えていた。無意識のうちにもちゃんと道順を辿り、気がつくと劉成は懐かしい四合院の前に居た。

三年半ぶりの我が家の入口は、隣人たちが置いたガラクタでふさがれていた。自分の荷物に加えて赤ん坊とバイオリン・ケースで両手をふさがれていた劉成は、足で積み重なったゴミやガラクタを蹴り出すと玄関の左側に置かれた植木鉢に手を伸ばし、体重をかけてずらした。この下に鍵を置いておくのが劉成の習慣だったのだ。

(在ったか!)

指先で鍵を摘《つま》み上げた劉成は小さく微笑むと玄関の鍵を開けた。

劉成を待っていたのは、埃《ほこり》の舞う無人の室内だった。

劉成はともかく感傷に呑み込まれまいと抗《あらが》った。赤ん坊を寝台に下ろし、カーテンを開けて光を呼び込んだ。とにかく身体を動かしていないといろんなことを考えてしまいそうなのだ。今はまだ何も考えたくなかった。

室内を整え、埃《ほこり》に塗《まみ》れた手と顔を中庭の水場で洗っていると背後から懐かしい声がした。

「そこに居るのは誰だい？　何をしてるんだ」

「おばさん……」

そこには郭《グオ》おばさんの姿があった。相変わらずだ。元気そうだ。劉成の顔にわずかだが、微笑みに近いものが戻った。

「おやまあ、劉成かい！　帰ってきたんだね。いつ戻ったんだい」

「たった今です」

「ずいぶんと痩せちまったねえ。あっちの暮らしは辛かったかい」

「そんなことないよ」

劉成は無理をして笑ってみせた。

「とにかく戻ってこられて良かったよ」

おばさんが久しぶりの劉成の顔をしみじみと見つめたとき、劉成の部屋で赤ん坊が泣き始めた。

「いったい、どういうことなんだね」

「なんでもないよ、赤ん坊がいるだけさ」

「赤ん坊って、どこの子さ?」

「駅で拾ったんだ」

おばさんは劉成と一緒に部屋に入った。拾ってきた子であろうと、赤ん坊が泣いているのだ。放ってはおけない。

「さ、見せてごらん。ああ、おしっこだね」

おばさんは劉成が持ち帰った荷物から清潔そうな布をみつけるとその場で裂いて即席のオムツを作り、赤ん坊にあててやった。

「男の子だね。それにしても大勢の人が出入りする駅で、よりによって劉成に拾われるなんてねえ、不思議な縁だねえ、よしよし」

久しぶりに赤ん坊をあやすことを楽しんだおばさんだが、急に疑念が頭をもたげた。

「劉成、まさか、この子の両親がトイレに行ってるところを間違って連れてきちゃったってことはないだろうね?　戻ってきて子供がいなかったら親は大騒ぎだよ」

「そんなことはないですよ。しばらく呼びかけてみたけれど誰も来やしないんです」

「警察にはきちんと届けてきたかい?」

劉成は首を横にふった。

「なんでだい？　劉成、善《よ》いことをして警察を怖がることはないじゃないか。黙って連れ帰ってくる方が、よっぽど厄介だよ。それに、独り身のおまえがどうやって赤ん坊の面倒をみられるというんだい。一緒に行ってあげるから、昼ご飯を済ませたら派出所に行こうよ」

おばさんは最寄の交道口派出所ではちょっとした〈顔〉だった。赤ん坊と劉成を引き連れてやってきた所内では、警官たちが口々に挨拶していく。

おばさんの目当ては高《ガオ》所長だったが、あいにく外出中だったので、まだ若い張《チャン》という警官が話を聞いてくれた。

「じゃ、状況を話してみてください」

顔なじみのおばさんが付き添っているためか、警官の口調は丁寧だった。

「劉成、正直にきちんと話すんだよ」

「はい。この子を拾ったんです」

「何処でですか」

「駅です」

「なんで、その駅の派出所に届けなかったんですか？」

「それは……出てきたばかりなので、……行きにくかったんです」

「張さん、劉成は出所したばかりなの」

郭おばさんが赤ん坊をあやしながら説明を加えた。これを聞き、劉成に前科があることを知ると、警官の目つきが警戒し威嚇するものに変わった。

「名は？」

「知りません」

「おまえの名前だよ」

「劉成です」

「前科があるんだな。そこに立て。さて、何をやったんだ」

「窃盗です」

「何年くらった」

「三年です」

「もう一度訊く。子供は何処で拾った」

「駅です」

「どこの駅だ」

張警官と劉成のやりとりはまるで取り調べのようになり、見かねた郭おばさんは思わず口を挟んだ。

「張さん、お願い。劉成はわたしのお隣さんなのよ。今度は善いことをしたんだからさ、そんなにきつくしないであげて」

おばさんが状況をなんとかとりなそうとしたとき、中年の警察官が部屋に入ってきた。

「おお、郭おばさん、来てたのか」

額の広い温厚そうな雰囲気の男は、すぐに立たされたままの劉成にも気づいた。

「劉成！　戻ってきたのか」

劉成も旧知の仲の王《ワン》だった。若い頃から何度も世話になってきた面倒見のいい警官だ。

「証明書は持ってるか？」

劉成が上着の内ポケットから取り出した出所の証明書を確認すると王は言葉を続けた。

「さて、今日はどうしたんだね？」

「王さん、実は永定門駅で棄てられていたこの赤ん坊を拾ったんです」

「永定門駅？　ああ、今は北京南駅というんだ。おまえが入ってる間に名前が変わったんだ。覚えとけよ。それにしてもひどい両親もいたもんだな。赤ん坊と一緒に何か手がかりになりそうな物は置かれていなかったか？」

「ありませんでした」

先程からの張警官とのやりとりで緊張した劉成は、バイオリンのことをすっかり忘れてしまっていた。

「張、この件は調書はとらなくていい。民生局に電話して、この赤ん坊を登記しろ。それから福利院にも電話だ。人をよこして赤ん坊を保護するよう依頼しろ」

てきぱきと指示を終えると王はおばさんに、迎えがくるまで派出所で待たせては赤ん坊もかわいそうだし、せいぜい一日のことだから預かっていてはくれないかと丁寧に頼んだ。むろんおばさんにも異存はない。臨時の孫だと思えばいいのだ。

全ての手筈《てはず》が整ったところで王は劉成に向き直った。

「劉成、今後は真面目になるんだぞ。おまえもいろんな経験をして少しは大人になったろう。何か困ったことがあったら、わしのところに来い。まずは写真を二枚添えて証明書を持ってきなさい。そうしたら、おまえの戸籍を戻してやる」

「王さん、感謝します」

「感謝は政府にしなさい。いいな」

そう言い終わると王は職務に戻っていった。彼は劉成のことが嫌いではなかった。昔から何かと問題を起こし、今では前科持ちだが、その心の根までが腐っているわけではないことを、この派出所に勤めて長い王は知っていた。妹を自転車に乗せて胡同を走る劉成の姿を何度も見かけたが、妹の笑顔をみつめる彼のまなざしに宿っていたのは掛け値なしのやさしさだった。この不器用な男をなんとか更生させてやりたい。その人生を救ってやりたいものだと王は願っていた。

派出所から戻った劉成は荷解きをして、洗濯物を取り出した。まだ陽は高い。今日のうちに洗ってしまおうと四合院の中庭の水場で洗濯を始めた。郭おばさんも洗い物をしている。

「おばさん、妹の墓はどこだろうか?」

洗濯をしながら劉成は訊いた。派出所に赤ん坊を届け出たことで心に余裕ができたのだ。なるべく早く墓参りに行かねば。幼くして逝った春梅《チュンメイ》の魂を弔《とむら》ってやりたい。

「おまえの母さんの傍《そば》さ。手続きは桂蘭がやった。全部やった。あの娘は本当によくやったよ。きちんと葬って、清明節（註：墓参りをし先祖を供養する日。旧暦では三月三日だったが、新暦では四月五日）にはわたしと一緒にお参りにも行ってるしね」

「ありがとう、おばさん……」

「そんなの当たり前のことじゃないか。春梅のことは子供のときからずっと気にかけてきたんだからね、わたしはさ。……かわいそうにねえ」

おばさんが口にした桂蘭の名は、春梅のことと同様に劉成の胸を刺した。心の弱くなっていた部分が疼《うず》いた。彼は訊きたかった。桂蘭はどうしてますかと。しかし、訊けなかった。臆病な彼の心は何か決定的なことを聞いてしまうのが怖かった。だが、知りたい。逢いたい。桂蘭のことを想って梁水河の厳冬を何度も耐えたのだから。

心の中の葛藤に疲れた劉成は寝つけず、夜更けにふらふらと桂蘭の家に向かった。暗い庭先から窺《うかが》う桂蘭の家には人影が認められたが、気配を察した桂蘭の母の誰何《すいか》に慌てて逃げ帰り、何の解決もないままに夜は明けた。

翌日、赤ん坊が派出所で福利院の係官に引き渡されるのに立ち会った帰り道も、劉成はくさくさしていた。懐かしい胡同の風景にも心は楽しまなかった。彼の頭の中では昨日からの葛藤がまだ渦巻いていた。

桂蘭はどうしているのだろうか。なぜ駅に来なかったのだろう。逮捕される前には婚約指輪をねだられるまでになっていた仲だ。図々しく「待たせたな」とでも言ってこちらから押しかけようか。

いや、さんざん迷惑をかけた相手だ。まず謝りたい。獄中で作った腕輪も渡したい。あれは自分が片時も桂蘭を忘れなかった証《あかし》だ。必ず、絶対に渡したい。

ぼんやりと歩く劉成とすれ違った二人乗りの自転車が止まり、突然彼の名が呼ばれた。

「劉成！」

振り向いた劉成は我が目を疑った。桂蘭……蘭子《ランツ》だ。三年半ぶりの蘭子だ。だが、一緒に自転車に乗っている体格のいい男は誰なんだ？

「先に帰ってて」

桂蘭は男に声をかけて自転車を降りた。男は劉成をちらりと見るとペダルを漕いでその場を去った。

（「先に帰ってて」だって……）

桂蘭の発した言葉の意味を劉成が理解したとき、彼はもっと決定的なことに気づいた。彼女が無意識に撫でている腹部が膨らんでいるのだ。

（そうか、母親が進めていた見合い話がまとまったのか）

劉成は自分の心が大きく軋《きし》むのを感じた。

「あなたからの電報は受け取ったわ。……でも、都合がつかなかったの。向こうでは元気にしてた？」

「まあな」

劉成の感情は、自分でもとまどうほど静まり返ってしまった。さっきまでの煩悶《はんもん》が嘘のように消えている。三年半にわたって自分を支えてきた桂蘭への思い入れが、たった今雲《うん》散霧消《さんむしょう》したというのに、どうして自分の身体は消え失せてしまわないのだろう。不思議なものだと劉成は他人事のように自分を冷静に観察していた。

「仕方なかったの」

劉成は愛しくも懐かしい桂蘭の姿と彼女の口から出る残酷な言葉の落差を、奇妙な現象に立ち会った人のようにみつめていた。

「済んだことさ……。そうだ、向こうから出した手紙、届いたかい」

桂蘭の心に悲しい確証が打ち込まれた。母の仕業《しわざ》だ……。

「いいえ。わたし、受け取ってないわ。ねえ、劉成、面会に行かなかったのは……、わたし……何を話したらいいのかわからない」

桂蘭は口ごもりながらも話し続けた。

「お願い、母さんを責めないで。全部わたしのことを思ってしたことなの！　人は……待ち続けることはできないの」

二人の間を沈黙が分かつ。手を伸ばせば届くはずの場所にいながら、劉成は桂蘭が遥《はる》か彼方に行ってしまったことを認めた。認めたくはなかったが認めた。もう二人の道は分かれてしまったのだ。

（何か、何か喋ろう。このまま黙って立っていることには耐えられない）

沈黙の重圧の下で劉成はようやく思いついた。あの腕輪だ。匙《さじ》で作った腕輪だ。

「あげる物があるんだ」

言いながら劉成はポケットをまさぐった。だが出てこない。家に置いてきてしまったのだ。ずっと肌身離さず持ち歩いてきたのに……。これが運命なのか。

限界に達した劉成は全速で駆け出した。振り向きもせず。自分をみつめているであろうかつての恋人の姿、それは決して見たくなかった。桂蘭の姿を見ずにすむ場所へ逃れること。それが今劉成の望む唯一のことであった。


その夜、劉成は眠れなかった。

寒かった。梁水河ですら感じたことのない寒さだった。彼を凍えさせたのは自分の孤独だった。もう妹はいない。面倒をみてやる者はいない。蘭子もいない。一緒に未来をみつめる者もいない。俺には誰もいない。独りだ。この世に一人ぼっちだ。身体が芯から震えた。たまらず劉成は寝台から半身を起こし叫んだ。言葉にならぬ絶望を力の続く限り吐き出した。もし聞く者がいたら、その者の心も氷結するかのような暗い呻《うめ》きであった。

絶望のまま劉成は自宅に籠もり、何日も虚《うつ》ろな時間を過ごすうちに赤ん坊と一緒に拾ってきたバイオリンのことを思い出した。売れば幾らかになるだろうと劉成はバイオリンを眺めながら、この数日来の激しい感情の動きに疲れて鈍く無感動になった頭で考えた。赤ん坊はもう福利院に保護されている。構うことはない。彼はバイオリンを質入れすることにした。金が入れば憂さ晴らしもできるというものだ。

「これは、あんたの物なんだね?」

カウンターの向こうから質屋の主人は劉成を値踏みした。いかにも労働者然とした劉成の風貌ときちんと手入れされた時代物のバイオリンは、あまりにも似つかわしくなかった。劉成は頷《うなず》いたが、主人はもう一度探りを入れた。

「弾けるのかい?」

「ああ、下手糞《へたくそ》だけどな」

劉成はふてぶてしく答えた。

主人はバイオリンを引き取ることにした。長いことこの商売をやってきた彼にとって、盗品らしき品が持ち込まれるのは初めてではないし、品自体はなかなかのものだ。ならば、とりたてて拒む理由もない。あとは値付けだけだ。

「で、幾らなら売るんだ？」

「幾らなら買う？」

「何を言ってるんだ。三元だと言ったら、あんた三元で売るのかい」

主人は、相場も知らない劉成を怪訝《けげん》な目で見、彼がこのバイオリンの正当な持ち主ではないことを確信した。ならば、買い叩くまでだ。主人は預かり証を書き、五百元分の札を用意すると、台上のバイオリン・ケースの中を検《あらた》めた。

（何か貴重な物が入っていたはずだと後から因縁をつけてくる奴もいるからな）

案の定、ケースには一枚の写真と何か走り書きしたメモが入っていた。主人はメモは一瞥《いちべつ》しただけで屑籠《くずかご》に捨て、写真は札束や預かり証と一緒に劉成に渡した。

「ほら、五百元。大サービスだ」

劉成は札を検めもせずにポケットに突っ込んだ。幾らでもかまわなかったのだ。

とりあえず酒でも飲もう、何も考えなくていいように酔いつぶれよう、そう考えた劉成は足を繁華街に向けた。これが自分の出所祝いかと思うと、自嘲めいた笑いがこみ上げてきた。

さんざん暴飲暴食をした挙句、夜更けに家に戻った劉成はふと所持金が気になった。

（明日も飲めるだけ残ってるかな）

ポケットから残った金を掴み出すと、何かが札の間から落ちた。落ちたのはバイオリン・ケースの中にあった写真だった。その写真を拾い上げた瞬間、劉成の酔いは完全に吹き飛んだ。

(こりゃあ、駅で身投げしたあの人だ)

劉成の脳裡《のうり》に駅でのひとときが閃光《せんこう》のように明滅した。期待した桂蘭との再会が果たせず、落胆しながら混雑したホームを歩く自分。肩がぶつかった美しい女性。置き去りにされた赤ん坊とその傍《かたわ》らのバイオリン・ケース。突然響いた「事故だぞ!」という叫び。現場に殺到する人々……。

騒然としたあの朝の駅の雰囲気が甦り、劉成の心を再び包み込んだとき、彼は悟っていた。あの女性が赤ん坊の母親であったことを。バイオリンがまさに唯一無二の形見の品であったことを。

劉成は、自分がしでかした罪の大きさに震えた。罪の意識に苛《さいな》まれ、劉成は自分の額を打った。

(取り戻さなくては、あのバイオリンを赤ん坊の元に返さなくては)

劉成は青ざめた顔で一睡もせぬまま朝を迎えた。

夜が明け、街が眠りから醒めると、劉成は市の北東部にある三里屯路の自由市場に向かった。「三里屯だか秀水だかで店を開いて稼ぎまくっている」という噂の麻三《マー・サン》を探すためだ。今の劉成にまとまった金を貸してくれそうな相手は昔なじみの麻三しか思いつかなかった。自分を盗みに誘って服役のきっかけを作った麻三には、できれば二度と逢いたくはなかったのだが他に道はなかった。

雑然と衣料品の屋台や小さな店舗が並ぶ道を歩いていくと、まもなく聞き覚えのあるダミ声が聞こえてきた。

「さあ！　見るだけでもかまわないよ！　舶来のデザインを扱ってるのはウチだけだ。そこのお姉さん、コレ。あなたにピッタリのサイズだよ」

劉成は商売物らしいジーンズの上下を着込み、膨らんだウェスト・ポーチを腹に括《くく》り付けた麻三が商売に励んでいるのをみつけた。何と声をかけようかと劉成が考えていると、麻三の方が目ざとく劉成をみつけた。

「よく顔を出せたな！　この裏切り者が！」

麻三は特徴のギョロ目で睨《にら》みつけるといきなり吼《ほ》えた。

「いいか、塀の中で俺は毎晩毎晩おまえの夢を見ていたんだ。おまえを絞め殺す夢をな！」

「だろうな。俺も同じだったよ」

「おまえのせいで全員捕まった。おまえが土壇場でびびりやがったからだ」

「麻三、たしかに悪かったよ」

「ハハッ！　まともな台詞《せりふ》も言えるんじゃないか。よし、煙草でもどうだ」

劉成は麻三の差し出す煙草を受け取り、一服すると彼の機嫌が直ったのを確認した。昔からこういう奴だった。気分の転換が速い。用件を切り出すなら今だろう。

「麻三、頼みがあるんだ」

「何だ。借金以外の話なら聞くぜ」

「借金の話なんだ」

「殴られたいのか？　なんで俺がおまえに金を貸さなきゃならないんだ」

「殴ってもいい。貸してくれ。どうしても金が要るんだ。だからおまえを探してここまでやってきたんだ。頼む。絶対に返すから、頼む」

「……しょうがない。百元なら貸してやろう。それでいいな？」

「五百元要るんだ」

「五百だと！」

麻三は目を剝《む》いた。

「ほんとに殴るぞ！　とっとと失せろ！　おまえのどこにそんな大金を貸してやる価値がある」

「麻三……」

劉成は麻三の前で地面に膝をついた。肩を落とし、今にも土下座を始めそうな様子だ。道を行く人々がそんな劉成の姿に目を留める。

「こんなところで何をする気だ」

麻三は慌てた。店先で土下座などされては商売にさしつかえるし、ずっと座り込まれたら、客が寄りつかない。

「わかったから立てよ。ああ、今日はなんて日だ。まだ商売の途中だってのに。二百元じゃ駄目なのか？」

人だかりの中で劉成はうつむきながら首を横に振る。

「見世物じゃない！」

麻三は野次馬を怒鳴ると、劉成の懐柔を試みた。

「なあ三百じゃどうだ」

劉成はまた首を振る。麻三は頭を抱え、疲れた顔でウェスト・ポーチから五百元を抜き出すと劉成に渡した。

劉成は質屋からバイオリンを引き出すと、その足で福利院に向かった。バイオリン・ケースを持つと幸福な気持ちになった。これで罪がひとつ消えたのだ。劉成は自然に足取りが軽くなった。

「これが子供と一緒に置いてあったわけですね。しかし、なぜ初めに届けなかったんですか」

バイオリンを受け取った福利院の係官は、劉成を不審げな面持ちでみつめた。派出所に赤ん坊を引き取りに来た男だ。

「つい、うっかりして。動転して忘れてしまったんです」

「うっかりですって！　……これは子供の素性を探る大事な物証ですよ」

「申し訳ありません」

「あの子は健康な男の子ですから、すぐに里親がみつかるでしょう。引き取られていった後にこれが届けられてきたら面倒なことになったかもしれない。まあ、今のうちに届けてもらえて良かった。感謝しますよ」

係官が話を切り上げようとしたとき、劉成の胸に小さな疼《うず》きが生まれた。

「ひとつお願いがあるんですが。あの子に会っていきたいんです。少しでかまいません。

一目でもいい」

「紹介状はお持ちですか？」

係官は申し訳なさそうに応えた。

「本来なら、御苦労をかけたあなたには会わせるべきなんですが、ここには規則がありまして……。戸籍所在地の民政部門が出した正式の紹介状がないと、子供に会わすことはできないんです。お気の毒ですが、御理解ください。規則を破るわけにはいかないんです」

「そうですか、わかりました」

劉成が引き下がったとき、中年の男女が部屋に入ってきた。

「責任者の方はこちらですか」

彼らは大事そうに書類を取り出すと係官に渡した。どうやら里親を志願して子供を見にきた夫婦らしい。係官も書類に目を通しながら説明を始めた。

劉成は彼らが話に集中していることを確認すると、係官の机の上に置いたバイオリン・ケースをそっと持ち上げ、手に持った上着で包んだ。どうしてもあの子にバイオリンを見せ、その反応を確かめたかったのだ。あの子にバイオリンを質入れしたことを詫び、無事に取り戻したことを報告しておきたかったのだ。そのまま部屋を出ようとした劉成に気づいた係官が声をかけてきた。

「劉成さん、御足労でしたね」

「それでは、よろしくお願いします」

劉成は頭を下げ係官が気づかぬうちにと部屋を出た。廊下の向こう側から子供の泣き声が聞こえる。保育室だ。ちょうど係の女性がドアを開けて出ていくところだった。もうあたりに人気はない。劉成は人目に触れぬよう素早く保育室に入った。

広い保育室では何十人もの乳児や幼児がそれぞれのベビー・ベッドに収まっていた。丹念に一人ずつ確認していくと、あの赤ん坊は壁際のベッドに寝かされていた。

おとなしく自分を見上げる赤ん坊の表情に緊張の解けた劉成は、屈み込んで赤ん坊の頬に触れた。柔らかく温かな感触に、春梅《チュンメイ》が生まれたばかりのときの思い出が甦る。父母と自分と妹が四合院の一室で暮らしていた、今は遠い昔に思える若い頃の記憶。劉成は胸の奥が温まってくるのを感じた。突き出された劉成の指を赤ん坊が握り返す。指先に赤ん坊の頼りない握力を感じた瞬間、劉成の裡《うち》に激しい感情が灯《とも》った。この子を離したくない。この子と別れたら自分は独りだ。郭おばさんの言葉が脳裡を横切る。

「大勢の人が出入りする駅で、よりによって劉成に拾われるなんて、不思議な縁だねえ」

そうだ、この子と自分の間には縁があるに違いない。じゃあ、自分が育てなくてどうする。だが、福利院が独身で前科者の自分を里親に選ぶことはないだろう……。

劉成は、人が生きていくのには誰かを愛すること、誰かを庇護することが必要であることを半ば無意識に感じていた。春梅にも桂蘭にも去られた自分が生きていくためには、この子が必要だ。絶対に必要だ。この子を手元に置いて愛せるならば、自分は生きていけるはずだ。あの晩に感じた絶望と孤独の暗く冷たい記憶が劉成を突き動かした。あんな想いに身を灼かれるのはもう嫌だった。劉成は決心した。

劉成は上着を羽織ると赤ん坊を抱き上げた。そして、一緒に行こうなと心の中で呼びかけると、決定的な一歩を踏み出した。入ってきたときは善良な協力者だったが、今は保護された子供を連れ去る誘拐犯だ。しかし、心臓が騒ぎつつも劉成の心は高揚していた。

劉成は福利院の建物の中を自然さを装いつつ歩き、すれ違う人々をなにくわぬ顔でやり過ごし、誰にも咎《とが》められぬまま門を出た。今、劉成の心を占めていたのは、不安ではなく希望であった。抱えた赤ん坊の重みは、そのまま自分の生きがいと感じられた。

日が暮れた頃自宅に戻った劉成は赤ん坊を寝台に下ろし一息ついた。だが、そのとき、窓の外に人の気配があり、彼は反射的にカーテンを引いて身を隠した。

「王さん、こんな遅くにどうしたの?」

郭おばさんの声が聞こえてきた。身をすくめる劉成の上に玄関口で交わされる会話が降り注ぐ。

「劉成に用があるんだが、帰ってるかい？」

「いや、どっかに出かけたままさ」

「最近はどんな様子だね」

「三年半も服役したわりにゃ、あんまり成長してないねえ。あなたも意見してやってよ」

「もう、それじゃ済まないんだよ。福利院が訴えてきた。あいつは法的責任を問われることになる」

「何をしでかしたのさ？」

「あの拾った赤ん坊を連れ出したんだ。今日のことさ」

王は如何《いか》にも困りきったという口調で、劉成が再び罪を犯した事実を告げた。

「そりゃ大変だ！」

郭おばさんの反応には、驚きと共に劉成の身を気づかうニュアンスがあった。せっかく刑期を務め上げたばかりだというのにとおばさんは嘆き、小さく溜め息をついた。

「自首させることだけが奴を救う道だ。たぶん今夜中に一度は戻ってくるだろう。何かあったら連絡してくれ。われわれも今夜は近所で張り込むから」

「任せて。ちゃんと見張っとくよ」

王が立ち去るのを足音で確認した劉成は、暗い部屋の中で寝台に腰を下ろした。

(よく泣かずにいてくれたな)

赤ん坊に目をやるとおとなしく眠っている。静かな室内を見渡すと、そこここからさまざまな記憶が立ち昇ってくる。父母のこと、春梅のこと、自分のこと、桂蘭のこと……。この家で、この部屋で三十年も生きてきた。でも、もう此処を離れなければ自分はもう生きていけないのだ。

覚悟を決めた劉成はそそくさと荷物をまとめ始めた。片手で持てる鞄一個だけの荷物を作ると、劉成はまずバイオリン・ケースを背負い、次に荷物を持ち、最後に赤ん坊を抱え上げた。

「もう少し泣かないでいてくれよ、頼んだぞ」

小さな声で赤ん坊に語りかけると、劉成はドアを慎重に開けた。鍵を閉めると、いつものように鍵を植木鉢の下に隠した。今度はいつ戻れるかわからないのにと、自分の癖に苦笑しながらも劉成の胸には苦い痛みが走った。

隣の家からはおじさんの世話を焼く郭おばさんの声が聞こえる。今なら大丈夫だろう。劉成は中庭の暗がりから、隣家に向かって深々と頭を下げた。目を閉じると積年の想いが押し寄せてくる。子供の頃から何かと面倒をみてもらった。心配をかけた。劉成は恩返しすることもなく立ち去る無礼を心から詫びた。感謝を言葉にして発することもなく、ひっそりと去らねばならない自分の境遇を恥じた。

四合院の入口には見慣れぬ自動車が停まっていた。張り込みの車らしい。ナンバー・プレートに赤いGAの文字がある。間違いない、警察車両だ。劉成は街路樹の根元に身を潜め、車中を窺《うかが》う。ハンドルの上に突っ伏した男の輪郭が仄《ほの》かに見える。まったく動かない。居眠りしているのだろうか。どのみち顔を向けているのは進行方向だ。劉成は腰をかがめたまま車の後尾に回り、足音を忍ばせて四合院の角を曲がった。

劉成は、そのまま夜風に吹かれながら胡同を歩いていった。大丈夫。追いかけてくる足音も自動車のエンジンをかける音も聞こえてこない。胸の動悸がようやく少し治まった。さて、何処に行こう。まったく当てはなかったが、北方は刑期中の記憶が沁《し》み込んでいて嫌だった。南方へ行こう。それだけ決めて劉成は駅へと向かった。

無事に駅に辿り着いた劉成は、警官に怯《おび》えながらも首尾よく夜行列車に乗り込むことができた。発車後まもなく、隣の席に座った中年の女が赤ん坊に惹かれて話しかけてきた。

「かわいい子だね。男の子？　女の子？」

「男です」

「まあ、色白で。名前はなんていうの？」

女は微笑みかける赤ん坊に目を細め、質問を続ける。

「名は……春に生まれたので……小春《シャオチュン》です」

「そう、小春っていうの」

「はい。劉小春です」

劉成は口の中で劉小春という姓名を小さく何度も繰り返してみた。ふと目を窓にやると窓ガラスには赤ん坊を抱いた自分の姿が映っていた。劉成はそんな自分の像をみつめながら思った。

(ずっと一緒だ……)

それは故郷を捨てた男の、人生をやり直す決意の言葉でもあった。

(小春、誓うよ。俺はおまえをずっと愛していく。俺たちは本物の親子以上の親子になろう)

やがて朝陽が昇り、眩しい光が二人を包んだ。

こうして劉成と小春と名づけられた赤ん坊は北京を後にした。そして、北京に生まれた二人が再び故郷の空気を吸うのは十三年後のこととなる。

第2章

西塘・二〇〇三年　水郷の天才少年

浙江省西塘。上海の南方、杭州との間にひっそりと佇み、江南六鎮のひとつに数えられる人気の水郷である。この古く小さな町に劉《リュウ・チェン》成が流れ着いてから既に十余年の時が流れた。

劉成にとって幸いだったのは、最初に地元の繁盛店である状元紅酒楼の門を叩いたことだった。やり手だが気のいい経営者の顧徳宝《グー・ドーバオ》とその妹の来娣《ライディ》は、この北方から来た男を快く雇い、彼らの餐庁《レストラン》で働かせてくれた。

だが、彼らとて劉成が単身であったなら簡単に雇ったりはしなかったろう。彼が伴っていた幼子が見知らぬよそ者に対する警戒を解かせたのだ。誰が可愛らしい子供を抱えた寡男《やもめ》を邪険にできようか。劉成にとって小春《シャオチュン》こそが、初めての町で受け入れられるための証明書であった。

状元紅酒楼で劉成にまず与えられたのは厨房の下働きだった。小春を目の届く安全な場所に置いて洗い物や野菜の下ごしらえに励むうちに、劉成は料理に興味を持つようになった。当然状元紅酒楼でも賄いは供されたが、連日の浙江料理に飽き故郷の味が恋しくなった彼は自炊を始めた。厨房で余った食材や使い古された料理道具を貰《もら》い受け、町で買い求めた調味料を用いて、北京の味を再現することに熱中した。厨房の人々に聞いた料理の基本を応用しながら餃子や包子、焼餅といった子供の頃から親しんできた小吃（註：簡単な料理、軽食）の試作を繰り返し、これらがものになると今度は魚料理などにも手を伸ばしていった。

こうしていつの間にか素人離れした腕前となった劉成は、店で出す郷土料理も日々調理の手順を目で追ううちにコツを掴《つか》み、レパートリーに加えていった。

やがて劉成の手料理をふるまわれた顧徳宝は驚きつつもその腕を大いに認め、厨房で相応の職を与えようとした。だが、劉成は徳宝が年々増え続ける観光客目当てに買い込んだ遊覧船の船頭の方が性に合うと言い張り、特別な宴会のときには厨房に入るという約束で遊覧船を任されることとなった。

西塘を縦横に走る川に漕ぎ出て、石造りの優美な橋を見ながら艪《ろ》を漕ぐ船頭稼業は想像以上に快適だった。劉成は川面を渡る風に吹かれていると暗い記憶が少しずつ剝がれ落ちていくような気がした。温暖な江南の地の光と風、そして素朴な人々の情に囲まれて暮らすうちに劉成の傷を負った心は癒《いや》され、その表情は次第に柔和なものに変わっていった。

船頭稼業がすっかり気に入った劉成は、少しずつ貯めてきた金をはたいて顧徳宝から舟を譲り受け、曲がりなりにも老板《ラオバン》（註：オーナー）と呼ばれる身となった。

だが、状元紅酒楼との縁が切れたわけではない。舟上で当地の名物料理を尋ねてくる客には「粉蒸肉（註：上新粉を使った豚肉の蒸し物）に、青団子（註：中国式の草団子）

……」と数え上げ、最後には必ず「お薦めの店は状元紅酒楼」と言い添える。そして、酒楼の厨房にもことあるごとに呼ばれては最近ますます上達した腕を振るう。顧徳宝とはもう親戚同然のつきあいだし、来娣とは大分前から互いに憎からず想っている。この年増の江南美人はこれまで周囲の男には興味を示さずにきたのだが、劉成の誠実な仕事ぶりと謎めいた過去に心惹かれていつしか親しくなり、今では劉成が求婚の言葉を口に出すのを待ちわびている。恋愛に対し臆病な劉成がなかなか来娣の気持ちに応えないため、二人の関係は微妙なところで足踏みを繰り返していたが、何年経っても決して険悪なものにはならなかった。

こうして劉成は、江南の地にしっかりと根を張ることとなった。

そして今日、顧徳宝の豪邸では特別な宴会が始まろうとしていた。この爽やかな初秋の日に彼に初めての子供が生まれようとしていたのだ。川沿いに大きな天井院（註：江南地方の伝統的な建築）を構える顧徳宝は二階を産室とし、病院から女医と看護師を呼んで出産の準備を整えた。

その産室を見上げる中庭にはぎっしりとテーブルが並べられ、陽光の下でお祝いに駆け付けた近隣の人々が既に陽気なざわめきを立てていた。

「お兄さんは幸せ者だなあ。商売は順調だし、祝い事には皆が集まってきてくれる。まったくもって幸せ者だよ」

白い清潔な帽子に前掛け、腕抜きを着けて厨房に入るための準備を整えた劉成は、厨房の入口から既に客で埋まった庭先の宴席を眺めながら、傍らの来娣に語りかけた。来娣が劉成に言葉を返そうとしたとき、頭上で窓の開く音がして徳宝の喜びではちきれそうな声が響いた。

「産まれたぞ！　ついに産まれた。この顧徳宝は息子を授かった！」

朗らかな宣言に客たちが盛大な歓声と拍手で応える。祝宴のムードが一挙に高まった。

劉成は来娣に微笑むと厨房に向けて叫んだ。

「さあ始めるぞ！　野菜は切ったか？」

「切りました！」

手伝いの者たちが応える。

「じゃあ魚を油通ししろ。すぐ調理にかかるぞ」

たちまち厨房は包丁と俎板《まないた》、鍋とお玉が奏でる賑やかな音で沸き立った。劉成はここぞとばかり気合を入れて鍋を振り、炎を操っては何日も考えて決めたメニューを鮮やかな手つきで仕上げていった。大恩ある徳宝の祝いの宴だ。最高の料理を作らなくてどうすると気負う劉成は、食材への火の入り具合、調味料の配合に神経を尖《とが》らせる。だが、こうして自分の力を存分に発揮できる場があることは何物にも替えがたい歓びであった。その結果を受け止めてくれる人々がいることは、誠に幸せであった。祝宴の料理は次々と出来上がり、盛り付けられては運ばれていく。

一通り料理を作り終えた劉成が汗を拭きながら中庭に出てくると、既に祝杯の連続で赤い顔になった徳宝がたちまち声をあげた。

「みんな！　劉成が来たぞ」

盛んに動いていた箸が置かれ、宴席中から拍手が起こる。

「拍手は待ってくれ。まだ味見をしてないんだ」

劉成は最寄のテーブルで箸を借り、卓上の皿から魚料理を取ると口に含んだ。一同が劉成に注目する。そして劉成はすぐに破顔した。

「よし、大丈夫だ。さあ、たくさん食べてくれ！」

歓声があがり、一斉に箸が再び料理に伸ばされる。どの卓も笑顔でいっぱいだ。徳宝も客たちの喜びようを見て、愛児誕生で高揚した気分がさらに盛り上がる。

「みんな、この郷土料理を、われわれの故郷の味を、この北国野郎が作ったなんて信じられるか？　誰も教えてないのにだ。全部、目で見て覚えた。盗んだんだ。こいつは天晴《あっぱ》れじゃないか。さあ、劉成、直接教えてはいなくても俺はおまえの師匠だぞ。師匠と弟子の乾杯だ！」

　徳宝と劉成が杯を重ね宴会が盛り上がってきたところで、表から郵便局の王《ワン》が制服制帽の律儀な服装で入ってきた。たちまち周囲から杯と酒が差し出され、駆け付け一杯となる。美味そうに杯を空けた王は、肩にかけた鞄から封書を取り出すと劉成に差し出した。

「劉成、あんたに手紙だ」

「わしに手紙だ？　何処からだね？」

「北京からだよ」

　北京と聞いた劉成は表情を曇らせた。置いてきた過去に追いつかれたのか……。おずおずと手を伸ばして受け取るが、すぐに焼き捨ててしまいたい気持ちだ。

「どうした？　開けてみろよ」

　陽気な声でせっつく徳宝に促され、やむなく封を切って、おそるおそる文面に目を通した劉成だが、たちまち表情が緩んだ。

「小春はどこだ？」

　駆け出しそうな勢いの劉成を徳宝が押し止める。

「おいおい、どうしたんだよ」

「これを読んでみてくれ」

劉成は届いたばかりの手紙を徳宝に押し付ける。受け取って目を通した徳宝もたちまち興奮する。

「みんな！　静粛に。聞いてくれ。今日、我が家は二重の喜び、いや三重の喜びに包まれた！　まずは俺に息子ができた」

盛大な拍手が起き、徳宝は満足そうに続ける。

「これで跡継ぎの心配がなくなった。続いては小春だ。我らの天才バイオリン奏者、我が町の誇り、その腕前は省内でも指折りだ」

拍手が再び高まる。

「さ、これを見てくれ」

徳宝は北京から届いた書面を掲げた。隣で劉成が嬉しくてたまらないという表情をしている。

「これは小春への参加要請だ。北京の少年宮（註：青少年のさまざまな才能を発掘育成するための教育機関）が主催する全国バイオリン・コンクールへの参加要請だぞ。どうだ、凄いだろ。開催は来週。小春の名が国中に轟《とどろ》くのももうすぐだ！」

客たちが口々に同意すると徳宝は満足げに微笑み、今度は悪戯《いたずら》っぽく語りかけた。

「さて、三つ目だ。これはまだ、みんなは知らないだろう。この徳宝は満ち足りた男だ。

何も不満はない。だが、妹だけは……長年悩みの種だった。どんな男を連れてきてもなびかない。関心を示しやしない。無視だ。それが劉成に関しては別だというんだ」

劉成は一瞬とまどいの表情を見せたが、たちまち照れ笑いがそれに取って代わった。

「こいつは船頭なんだぞ！　船頭風情だ。でもな、俺は妹の目を信じるよ。劉成はいい奴だ。そうだな？」

あちこちからかかる同意の声を制し、徳宝は声を張り上げた。

「今日は小春が難関を突破した。ならば親の劉成も難関を突破するべきじゃないか？　この善《よ》き日に二人の結婚祝いもやってしまおうじゃないか！」

客たちは一斉に賛同の拍手をしたが、一人の男が立ち上がって叫んだ。

「ずるいぞ、徳宝。祝い事を一回で片づけるのか」

どっと皆が笑う。

「わかった、わかった。この顧徳宝は小さな男じゃない。結婚式は明後日、改めてやろう。しきたり通りに芝居も呼ぼう。費用は全部俺が持つ。みんなで賑やかに楽しもうじゃないか」

歓声が中庭に満ち、そこへ厨房からことのなりゆきを見守っていた来娣が女たちに連れられてきた。恥じらう素振りを見せてはいても、喜びが身体から溢《あふ》れている。劉成の隣に引き立てられた彼女にも杯が渡され、二人は総立ちで祝福する皆の前で固めの杯を飲み乾《ほ》した。この日の空と同じく掛け値なしに晴れやかな、一片の翳《かげ》りもない時間が流れていった。

昼から続いた宴会がようやくお開きとなった夕刻。劉成は、ふわふわと浮かび上がりそうになる足を一歩一歩石畳に押し付けながら帰路に着いた。途中、彼はアーチ状の石橋の上で名を呼ばれて振り返った。少年が駆け寄ってくる。傾いた太陽の投げかける逆光に浮かび上がるそのシルエット。痩せて手足の長い成長期特有の体形。背中のバイオリン・ケースが揺れる。劉成は大きく手を振った。

「おーい、小春」

少年は橋を駆け上ってきた。もう劉成と同じくらいの背丈がある。

「こいつめ。わしに内緒でコンクールに応募するなんて、おまえも大した度胸だな」

劉成は小春を引き寄せると親しく小突いた。小春ははにかんだ表情でなすがままになっている。親密な空気が辺りに広がった。

劉成の住む家もまた川沿いに在った。小さな二階家だ。宵闇に包まれた露台からは、対岸の廊棚（註：川沿いに設けられた木造の屋根付き廊下）やあちこちの軒先に吊るされた紅い提灯が川面に光を散らしているのが見える。微風が頬を撫でる。穏やかな時間だ。しばらく川風に吹かれて酔いを醒ましていた劉成は、部屋から小春を呼ぶと顔を引き締め、改まった口調で話し始めた。

「正直に言うとな、わしはおまえにこのままバイオリンの稽古を続けさせ、省の歌舞団にでも入ってくれれば、それで満足だった。しかし、全国コンクールに出場できるとなると、そんな程度で満足するわけにはいかない。もっと上を目指さねばなるまい。なあ、小春、コンクールまで日がないが、ここはきちんと作戦を練ろう……」

「作戦なら、もう立てたよ」

小春は劉成の言葉を遮《さえぎ》った。

「父さんは北京に行かなくていいよ。それよりも、こっちに残って来娣さんと式を挙げてほしいんだ。父さんは、来娣さんをこれまでさんざん待たせてきたじゃないか。もう、これ以上は駄目だよ。一緒に行くのは次の機会でいいじゃない」

劉成は小春の大人びた物言いに気圧《けお》されかけた。この子は時に年齢に似合わぬ口をきいて驚かせてくれる。

「いや、そういうわけにはいかないぞ。おまえがわしや来娣さんに気を使うのはわかる。

でも、結婚式なら北京から帰ってきてからでも挙げられる。だが、北京のコンクールは日時が決まっているし、おまえの一生を決めかねない天下の一大事なんだぞ。わかっているのか？」

「父さん、ぼくは昼間来娣さんと話したんだ。父さんがプロポーズしないのは、ぼくが二人の結婚に反対するのを心配してのことだろうけど、ぼくは反対なんてしない。だから、どうか心配しないで結婚してって。なのに、ぼくの都合で式を延期するなんて嫌だよ。それに式を挙げたら、その後はすぐに新婚旅行に行くもんだろ？　北京になんか行ってる場合じゃないよ」

「おまえ……いつの間に、そんな話を」

劉成は意外な話にとまどったが、ここで小春の言いなりになるわけにはいかない。

「おまえは普段は素直ないい子じゃないか。それが急に聞き分けの悪い子になるんじゃない。一人で北京に行くなんて、できるわけないじゃないか。右も左もわからない土地でどうするんだ」

小春は部屋に戻ると地図を持ってきた。

「見て、最新の北京の地図だよ。もう会場までの行き方とか調べてあるんだ」

「金はどうするんだ？」

なってるし」

「小遣いを貯めてある。大丈夫さ。もし足らなかったら、徳宝さんが貸してくれることに

「徳宝だって？　駄目、とにかく駄目だ」

「どうしてさ？　ぼくには夢があるんだ」

小春は劉成をみつめた。その瞳には切ない輝きがあった。強い意志が宿っていた。

「子供の頃から父さんはぼくに言って聞かせたよね。ぼくたちの故郷は北京だって。ぼくは見たいんだよ、父さんが話してくれた北京の街を。一人で歩いて、ああ、父さんの言った通りだ。聞いた通りに此処《ここ》はきれいだし、あそこは素敵だって感じたいんだ。もちろん、父さんとも歩きたい。案内もしてほしいさ。でも、最初は自分の目で見たい。想像してきた北京に、実際の北京を自分の足で重ねてみたいんだ」

劉成は、まだ幼かった小春を膝に乗せていろんな話をして聞かせた日々を思い出した。そうだ、北京の話もたくさんした。春の街路に舞う白い柳絮《りゅうじょ》（註：綿毛の付いた柳の種子）の美しさと吸い込んだときのやっかいさ、秋の訪れと共に急に澄みわたって高くなる青空の美しさ、凍える除夕（註：旧暦の大晦日）に家族総出で作る水餃子の楽しみ、周囲を睥睨《へいげい》するかのように聳《そび》え立つ鐘楼《しょうろう》の威容、景山公園から眺める故宮の甍《いらか》の色、王府井の賑わいの凄さ……。みんなこの江南の地にはないものばかりだったから、小春は興味深げ

に目を輝かせて聞き入っていた。時に小春を拾った日の記憶が脳裡《のうり》をかすめ言葉に詰まることもあったが、この北京の思い出語りは劉成にとっても故郷の記憶を新たにする大事な時間であった。

劉成は甘やかな過去に呑み込まれかけたが、かろうじて踏み堪え現実に向き合った。

「どこの家にでも行って訊いてごらん。誰も子供を一人で遠出させたりしないぞ。それに、どうして一人で行きたいんだ？　なぜ父さんと一緒じゃ駄目なんだ？」

「父さんは、口うるさいからさ」

小春は遠慮がちに言った。

予想だにしなかった小春の言葉に気持ちを挫《くじ》かれた劉成は、結論は翌日に持ち越すことにして話を打ち切った。自分が口うるさいと小春に言われる日が来るとは、劉成は想像したこともなかった。

（それにしても徳宝め、勝手に小春と約束するとは）

劉成は徳宝に腹を立てながら床《とこ》についた。

翌朝、劉成は小春を学校に送り出し、朝の雑事を片づけると状元紅酒楼に出かけた。小春が学校から戻ってくる前に、話をつけておかねばなるまい。劉成が酒楼に着くと、徳宝は川を見下ろす二階の席で、近所の人々と結婚式の打ち合わせをしていたところだった。

「おい、小春に何を言った？」

劉成の穏やかならざる物腰に当惑した徳宝は立ち上がると離れた席に移り、小声で訊いてきた。

「何の話だ？」

「どうもこうもない。小春の奴、一人で北京に行くと言い張ってきかないんだ。何か入れ知恵したな」

「ああ……。ま、いいじゃないか。小春は賢い子だ。もう充分に成長したんだよ。あまりべったり付きまとうな。あの子の邪魔になる。それよりさ、新婚旅行は杭州にしないか。妹が前から行きたがっていたんだ」

徳宝は平然と答えた。

「邪魔？　俺が小春の邪魔になるというのか」

「怒るなって。まあ落ち着け。子供は育つにつれて親を煩《うるさ》く思うようになるものさ、そうだろう？　それに俺だって小春を心配していないわけじゃない。そうだ。ウチの有安《ヨウアン》が買い付けで北京に行くんだ。あいつに同行すればいい。小春の面倒をみさせよう。仕事が終わった後も北京に滞在させて、一緒に戻ってくればいい」

「小春はまだ子供だよ」

「いつまでも子供扱いをするんじゃないよ。あの子はしっかりしてる。十五や十六と言っても通るぐらいだぜ」

「徳宝、おまえ……小春と示し合わせていたな」

劉成は頭に血が上っていくのを感じた。自分を抜きにして小春と徳宝が勝手に相談していたとは。思わず、それまで考えてもいなかった言葉が口から出た。

「よし、わかった。結婚はやめだ」

今度は徳宝が気色ばむ番だった。彼は劉成の腕を摑むと詰め寄った。

「なんだと？　結婚しないだと。冗談じゃない！　今さら中止になったら、俺の面目は丸つぶれだ。もう親戚にも御近所にも知れ渡ってるんだぞ。それに来娣はどうなるんだ？　どう話せというんだ。劉成、そんなことをしてみろ、俺は川に身を投げて死んでやる」

徳宝の剣幕に圧《お》されて劉成は冷静さを取り戻した。

「な、俺の立場も考えてくれよ。とにかく、どうしたって小春を俺抜きで北京にやるわけにはいかん」

二人は互いを見やった。双方が困惑の表情を浮かべて沈黙している。

「劉成……困ったな。どうしよう」

「徳宝、術はかけた者が解くものだ。おまえが小春に安請け合いするから話がこじれたんだ。なんとかしろ」

「とりあえず、来娣にはおまえから話せよ」

「俺に話させるのか？」

「他に誰がいる？　ちゃんと妹と話し合ってくれ。そうだ、いい考えが浮かんだぞ。とにかく明日にでも式を挙げろ。それからおまえは小春と北京に行くんだ。新婚旅行は北京から戻ってから改めて行くことにする。それでどうだ？」

「お断りだね」

劉成は席を立った。来娣に話すのは気が重いし、このまま徳宝の言いなりになるのも癪《しゃく》だった。

「徳宝、それはいらん考えだ」

徳宝は劉成にすがった。

「劉成、悪かった。俺は焦りすぎた。強引だった。なあ、式を挙げてくれよ」

「とにかく一時中止だ！」

劉成が捨て台詞《せりふ》を吐いて階段を下りると、酒楼の入口で来娣が粽《ちまき》を売り始めていた。まだ昼前の半端な時間なのに観光客が足を停めては買い求めている。

（徳宝から聞かされるよりは、俺から聞いた方がマシか……）

劉成は決心して来娣に声をかけた。

「来娣、相談事があるんだ」

「あら、こんなところで？　やめてよ、人目があるじゃない」

「真面目な話なんだよ」

劉成は、蒸し器の隣で粽を作る来娣の脇に座り込んだ。

「なあ、俺たちの結婚だが、……本決まりだよな」

手際よく糯米《もちごめ》を蓮《はす》の葉に包んではタコ糸で結んでいた来娣の手が止まった。真意を確かめようと劉成の顔をみつめる。

「どういう意味なの？」

「誤解しないでくれ」

劉成は慌てた。

「小春が北京でコンクールに出ることになっただろ。ところが、あいつときたら自信過剰だ」

「まあ、そういう傾向はあるわね」

「北京には一人で行くって言い出したんだ」

「まあ！」

来娣が期待通りに驚いてくれたので、劉成は落ち着きを取り戻した。

「それは、まずいだろ。そんなことさせるわけにはいかない。絶対に駄目だ」

「そりゃ、そうだけど……回りくどいわね、いったい何が言いたいの？」

「結婚は、いつでも俺たちの好きなときにできる。でもコンクールの日取りは決まってる。動かせないし、今回を見送ったら次があるとも限らない」

劉成は腹を括《くく》って核心に触れた。

「その、俺たち、何年も耐え忍んできたじゃないか。だから、あと少しだけ待っても大丈夫だよな？　俺は小春の北京行きに同行しなきゃならないんだ」

来娣は考えた。劉成の言う通りではある。随分と長いこと待ってきた。ここで一週間やそこら挙式が延期されても、今さらどうということもない。だが、この臆病な男、男女のこととなると徹底して内気になる男が、その一週間の間にまた逃げ腰にならないとも限らない。来娣は結論を出した。

「じゃあ、新婚旅行は後回しでいいわ。でも、式は北京に行く前に挙げましょう。時間がないから明日でもいいわ。準備できるだけのことをすればいい。あなたみたいな人は、やると決めたときにやらないと、きっとまたグズグズするに決まってるもの」

「そんなことはないよ」

否定してはみたものの、劉成に選択肢はなかった。話の中身は徳宝の提案と同じでも、来娣に言われては従わないわけにはいかない。ともかく、来娣と結婚できて、小春の北京行きに同行できるのだ、それで良しとするしかない。

「じゃ、小春に話してくれるかな？　どうも、このところ俺の言うことをきかないんだ。でも、あいつ、きみには素直だろ。頼むよ」

「いいわ。話してあげる。まったく親子揃って頑固なんだから。揉めてばかりいないで、少しは譲り合うことを覚えなさいよ」

来娣は、もう既に妻にして母だった。


小春が学校から帰る頃を見計らって通学路で待ち構えた来娣は、このまもなく義理の息子になろうとする早熟な少年を捉まえ、自分の考えた妥協案を呑ませた。最初は抵抗した小春も、まもなく母親になろうという来娣の頼みでは折れるしかなかった。

この吉報を聞いた徳宝は大いに喜び、店の仕事を放り出して式の準備に飛び出していった。目の回るような事態だったが、幸いにしてこの精力家の兄は忙しいのが大好きだった。

そして、挙式の日が明けた。晴天だ。普段は白壁に灰色と黒の瓦という家並みが落ち着いた雰囲気を醸し出している西塘の町が、今日は華やかな空気に覆われている。

突然高らかな爆竹の破裂音が響き渡り、黄や赤の原色に塗られた獅子舞の列が鳴り物を従えて石畳の上で舞い踊る。対岸の道には龍舞の列が現われ、こちらも今日の善《よ》き日を寿《ことほ》ぐ舞を始める。元気一杯に練り歩く両者が石橋の上で鉢合わせし、ここぞとばかり妙技を披露し合うと、橋の下からも爆竹の音が響いて祝い舟が川面を滑ってくる。

紅い布とさまざまな飾り物で満艦飾となった劉成の遊覧船だ。中央には神妙な顔つきで晴れ着に身を包んだ劉成と来娣が座り、背後から小春と徳宝が紙吹雪を新郎新婦の頭上に撒き散らす。近隣の人々と急遽駆けつけてきた新婦側の親戚たちが、廊棚から手を振って舟を迎える。誰もが笑顔でこの少々年を重ねた新婚夫婦を祝福した。今日、西塘の町は再び祝いの興奮で満たされた。


やがて夜の帳《とばり》が喜びに沸いた町を覆い、長かった祝宴も終わった。最後の客が劉成の家を出て家路に着くのを見計らって、小春が劉成と来娣に生真面目な顔で話しかけた。

「さあ、会議を始めるよ」

「会議？　いったい何の会議だ」

いぶかる二人を小春は二階の寝室に連れていき、改まった仕草で寝台に並んで座らせた。そして自分は椅子に腰かけて、正面から二人に向き合うと真剣な表情を浮かべた。

「父さん、来娣さん、今日からぼくたちは正式な家族だ」

小春の言葉に二人の大人は照れたが、黙って聞いていた。

「来娣さん、おばさんと呼んでいい？」

「いいわよ」

来娣はこだわらずに承諾した。なにしろ相手は年頃の子供だ。何かと微妙な年齢だもの、最初は〈おばさん〉でもかまわない。

「母さんと呼びなさい」

劉成はたしなめたが、来娣は劉成の手に自分の掌を重ねて制した。

「いいじゃないの」

小春は来娣の目をみつめながら語りかけた。とても十三の子供とは思えぬ成熟したまなざしだった。

「おばさんに話しておきたいことがあるんだ。いい？　父さんは寝ぼけるし、歯ぎしりもするし、凄い声で寝言も言うけど驚かないで」

来娣はたまらず笑い出したが、小春は表情を崩さずに続けた。

「それに、たまにだけど理不尽な怒り方もするんだ。でも、そんなときはほっとけばいいんだ。勝手に治まるから。それから優しくしすぎても駄目。つけあがるからね」

劉成は小さく溜め息をついて呟《つぶや》いた。

「何を言うんだろうな、こいつは」

来娣は微笑み、劉成と小春の双方に視線を送った。

「ありがとう。わかっているわ」

「これで、ぼくの話は終わり」

小春は立ち上がり、劉成はホッとして思わず小さく拍手した。

「そうだ！　あと一つ。父さんと結婚したからには、絶対に幸せになれるから。すぐにかどうかはわからないけど、絶対にそう感じられるときが来るからね」

小春は言い終わると同時に部屋を出ていった。

「亮　亮《リャンリャン》の家に行ってくる！」

「明日は出発だぞ、遅くなるなよ！」

ドア越しに劉成の声を聞きながら、小春は廊下を見回した。あちこちに婚礼を祝う紅い飾りが貼られたり、吊り下げられたりしている。昨日まで、ずっと父子二人の男所帯で殺風景だった室内が今日は華やいでいる。これからは、ずっとこうなのだと思うと嬉しさがこみ上げてくる。

小春は友だちの家へ向かった。そこでは亮亮だけでなく近所の友人たちが、子供だけのささやかな壮行会を開こうと集まってくれているのだ。

小春が出ていった後、間がもてなくなった劉成は来娣を舟に誘った。来娣は舟に乗り込むと持参した包みから帽子を取り出し劉成に渡した。縁起のいい赤い帽子。つばの大きな帽子だった。

「それはただの帽子じゃないの」

来娣は帽子を劉成の手から取ると引っくり返して内側を見せた。

「ほら、ここにお金を隠しておけるの。苦労して稼いだお金だもの、なくしたり盗られたりしたら大変。気をつけてね」

劉成は頷《うなず》くと帽子を被ってみせた。もう夜風が吹くと肌寒い季節になっていた。劉成は来娣の隣に座り直した。

「あなたから話すことはないの？」

「もちろんあるさ。明日は北京に向けて出発するが、せいぜい一週間、かかっても十日で帰ってくる。わずかな時間だ。粉蒸肉を五籠も売れば、俺は帰ってくるよ」

「早く戻ってきてね」

来娣がしおらしく言うと劉成の口元が弛《ゆる》んだ。

「なに？　なぜ笑うの」

「いや、急に俺たちが老夫婦のように感じられてさ」

劉成は珍しく悪戯《いたずら》っぽい口調で続けた。

「な、俺たち新鮮さには欠けてるよな」

慣れぬ口をきいて急に照れくさくなった劉成は腰を浮かした。

「小春の奴、遅いな。見てくるよ」

来娣は、そんな劉成をもう一度座らせた。

「まだいいじゃない。もう少し話していたいわ」

二人は夜風に抱かれて再び寄り添った。静かな古鎮（註：古い町、古い村落）の夜が更けていく。岸で砕ける漣《さざなみ》が立てる密やかな音に、二人の低い囁《ささや》きと笑い声が混ざり川面に消えていった。


朝の清冽《せいれつ》な空気の中を大荷物を抱えた親子連れが歩いてくる。劉成、小春、来娣だ。小春はいつものようにバイオリン・ケースを背負い、手提げを一つ。劉成は大きな手提げを提げ、肩には布団綿を二包み振り分けて担いでいた。昨夜、来娣に渡された荷物だ。「特製なのよ。新しい綿だけを使った上物だから、あっちで良い先生に巡り逢えたら贈り物にして」と彼女は言った。ほとんどこの町を出ることなく育った彼女が考え付く限りの特別な品だった。劉成は、彼女の想いが詰まった綿を無駄にはするまいと自分に言い聞かせながら歩いた。

来娣の目は前を行く二人の背中から離れない。自分が留守を守るのだ。旅の無事とコンクールでの上首尾を祈るのだ。彼女はこの二つのことだけを考え、二人が帰宅するまでの寂しさは考えまいとしていた。

船着場にはすぐに着いてしまった。昨日の飾りがまだ残った舟に乗り込むと二人は来娣に手を振り、来娣も応えた。昨日、人生の新たな階段を手を取り合って上った三人が今朝は別れる。短い別れとわかってはいても名残り惜しかった。

小春は舟に乗り込むと緊張した面持ちで舳《へ》先《さき》に座り込んだ。今朝から口数が少ない。北京が待っている。そう思うだけで期待と緊張に心が引き裂かれそうになるのだ。負けるものか。何度も自分に言い聞かすが、心は平静を保てない。

小春が自分を奮い立たせようとしていたとき、川沿いの廊棚で子供の声があがった。

「あ、あそこだ!」

亮亮たちが小春を見送りに来たのだ。舟を追いかけて全力で走り、ようやく町外れの橋のところで追いついた彼らは息を切らしながらも大声で叫んだ。

「小春！　一等とってこいよ！」

舳先に立った小春は、指を一本立てて友だちの立つ石橋に向けて拳を突き出し、仲間に勝利を誓った。絶対に勝つよと。緊張で潰れかけた自尊心と闘志が甦り体内を駆け巡る。

（劉小春、出るからには一位だ）

小春は自分にもう一度誓いの言葉をかけた。

そんな小春をみつめる劉成の胸中も、十三年ぶりの北京を想って小春同様に揺れていた。北京は彼にとっては懐かしい故郷でもあるが、地雷原にも等しい諸々の危険が詰まった土地でもあった。大きな街だから大丈夫だとは思うが、さまざまな過去の関係者とは接触してはなるまい。なるべくなじみの地域には足を踏み入れずに過ごさねば。

小春には北京見物を存分にさせてやりたいが、危険は冒したくない。しかるべき宿をみつけたら、後は少年宮に行くぐらいであまり出歩かないようにしなければ……。

互いのことを思いやりながらも、全く違う想いを抱えた親子を乗せて舟は進んでいく。行く手に待つのは、大都市、北京。今は遠い存在となった故郷へ向けて舟はゆっくりと進んでいった。

第3章

北京・二〇〇三　再び故郷へ

（北京は凄いや……）

小春は北京駅前で立ち尽くしていた。驚くほど広い大通りと、その両側に立ち並ぶ巨大なビル。駅を出ただけで、この街が特別な場所であることが実感できた。

亮亮《リャンリャン》の家で使わせてもらうネットや買い求めたガイドブックで充分に予習してきたつもりだったが、現実の北京のスケールは想像以上だった。街の発するエネルギーに圧倒され、いつになく年相応の子供に戻った小春は傍《かたわ》らの劉成に尋ねた。

「父さん、どのバスに乗るの？」

ところが、隣で劉成も地図を引っくり返しながら途方に暮れた顔をしている。この十三年間の北京の変貌は、劉成から土地勘を奪っていた。急速に近代化の進む現在の北京は、最早《もはや》かつての住人にとってもほとんど外国であった。

「今、探してるとこだ……あっちへ行くか……それともこっちか……」

北京生まれの父子は、こうして今や異郷と化した故郷を彷徨《さまよ》い歩いた。

「小春、焦るな。父さんがついてる」

そう言って劉成は小春を安心させようとしたが、劉成の記憶の中の北京と目の前の北京が一向に重なってこない。自分が何処を歩いているのかも、地図と首っ引きでようやく見当がつくといったありさまであった。颯爽と道を行く羽振りの良さそうな男女が眩しく見えた。北京を離れた長い年月が自分をこの故郷、この街から完全に切り離してしまったことを劉成は実感した。

（俺は、もう田舎者なんだな……）

そんな想いにかられて半ば自棄《やけ》気味になって歩いていたとき、劉成の目に見慣れた石造りの門とその奥の西洋風建築が飛び込んできた。

東堂（王府井天主堂）だ。その古びて重厚な建物は、買い物客や観光客で連日ごった返す王府井大街の裏手に、ごく自然にまるで大樹ででもあるかのように建っていたが、劉成にとっては旧友との再会に等しかった。生まれてこのかた信仰心などもったこともない劉成だが、この繁華街の外れに建つ教会だけはなじみ深く、なにかと心安らぐ場所だったのだ。劉成は「なんだ劉成、ずいぶんと久しぶりじゃないか」と声をかけられた気がした。親しく肩を叩かれた気がした。劉成の萎《な》えた心に北京人としての自負が甦った。

「間違いない。北京だ！　俺たちは戻ってきたんだ。ここは本当に北京だ……」

劉成の口から言葉が迸《ほとばし》った。彼の顔はようやく血色を取り戻し、小春もそんな父の様子を見て安堵した。

そして二人は、ようやく自分たちを包み込む初秋の青空、その美しさに気づいた。北京秋天。名高い季節の真っただ中に父子は故郷に迎え入れられたのだ。

元気を取り戻した劉成は大通りを避け、手近なところにあった胡同に入った。特に当てはなかったが、しばらく歩いていると旅館の看板がみつかった。店構えを見ると手頃そうだ。寂れた雰囲気であまり人気がないのも今の劉成には助かる。奥からテレビの音がしているが、フロントには人がいない。劉成は声をかけた。

「誰かいませんか？」

「うるさいな。大声を出すなよ。吃驚《びっくり》してお湯をこぼしたぞ」

奥から魔法瓶《びん》片手に中年の男が現われた。

「主任がいたら怒って給料から差っ引かれるところだ」

男は劉成と小春をちらりと見ながらカウンターに入った。

「泊まりかい？」

「ええ」

「何泊だい」

「しばらく」

「何日ぐらいなんだ？」

「……三日ほど」

「保証金は前渡し。宿泊料は二人で一日八十元。部屋はカラーテレビと魔法瓶付き。トイレと風呂は一階の共同のを使ってくれ。湯が出るのは十二時まで。それから門限も十二時だ。時間になったら表の鍵を閉めるから、それまでに帰ってきてくれ。いいな？　ほれ、宿帳に記入して」

「身分証は？」

劉成は男が投げてよこした宿帳を小春に渡し、記入を任せた。

劉成が身分証を手渡すと、男は意外そうな顔をした。

「北京人なのか」

「昔、住んでましてね」

「劉《リュウ》……劉徳華《リュウ・ドーホア》（註：香港の大スター。中国全土でも著名）？」

相手が同郷と知って気安くなった男は冗談を言ってきた。劉成も小春もつられて笑う。

「劉成です」

「それにしてもボロボロだなあ。何年前のだい」

「忙しくてね。更新に行く暇がないんです」

「こんな身分証で泊めたんじゃ、ウチが迷惑するよ」

さっきから男の父を軽んずるような口調を不快に思っていた小春は、これを聞いてカッとなった。

「父さん！　こんな宿、やめようよ。なんなんだ、その態度は！」

「随分と元気な子だな。息子さんかい？」

「ええ」

劉成は小春をなだめた。男の口のきき方は北京の下町流のもので、たしかに丁寧ではないが特に悪気のないものだった。北京育ちの劉成には、男の言葉のニュアンスがわかるし、子供の頃からなじんだ下町言葉で懐かしく、心地よくさえもあるのだが、江南で育った小春にはそのへんがわからないのだ。

保証金を預け、預かり証と鍵を渡された劉成は小春の腕を取って宿の中に入った。館内は玄関から想像するよりも遥《はる》かに広く立派だった。古い三合院（註：中庭を三つの棟でコの字形に囲む中国の伝統的な建築）を改装した旅館だったのだ。二人はあてがわれた二階の部屋を探して階段を上った。

「見ろ、小春。これが北京だ。この建物の風格……古風でいいだろ？　そこは中庭か。この旅館もなかなかのもんだが、四合院はもっといいぞ」

「此処《ここ》も悪くないよ。此処《ここ》に泊まるんだね」

得意げな劉成の顔を見、旅館の佇まいに触れて小春もすっかり機嫌を直し、にこやかに応えた。到着以来萎《しぼ》んでいた北京への期待が、ようやく膨らんできた。うまくやれそうな気がしてきた。中庭の上に広がる北京の空を小春は見上げた。

北京での第一夜が明けると、二人は早速街に出た。小春は表通りを歩くだけで楽しかった。

（まるで外国に来たみたいだ）

これまでネットやテレビ、雑誌の中でしか見たことのなかった情景があちこちに広がっていて小春を夢中にさせた。そして小春は、たちまち洒落たヘア・サロンに目を奪われた。高価そうなスーツを見事に着こなした若者が、ウインドウの向こうでカットを終えて立ち上がるところだった。小春はそんな店内の華やかな世界を憧れの目で眺めた。

「どうした？」

小春がついてこないので戻ってきた劉成は、息子が店内の様子に心を奪われているのに気づいた。その頭に目をやれば、髪の毛が伸びてきている。

「コンクールまでに髪も切っておこうな」

「え、いいの？　この店でもいい？」

劉成は首を横にふった。如何《いか》にも今風なこの店は劉成には敷居が高かったのだ。

「もっといい店に連れていってやる。さ、来なさい」

小春は期待に胸を膨らませて父についていった。

劉成の頭の中には以前、前を通っただけの高級理髪店の記憶があった。当時は金がなくて入れなかったが、今なら金はある。あそこに連れていこう。劉成は息子を精一杯飾ってやりたかった。

幸い記憶していた店はすぐにみつかった。どうやら改装したようだが、以前にも増して高級そうな店構えだ。劉成は自分も一緒に髪を刈ってもらうことにした。小春に付き添う自分だ。コンクール会場にも足を運ぶのだから、少しは男前を上げておかねば。

だが、髪形を理容師に任せてカットさせた結果はさんざんだった。店に入ったときと変わり映えのしない短髪に仕上げられた劉成はまだしも、まるで似合わぬオールバックにされた小春はふてくされた。

小春は店を出た途端に、セットされたばかりの髪に指をつっこんで崩そうとした。

「こんな髪形！」

身だしなみを気にする年齢にさしかかった小春にとって、店構えばかり高級なこの理髪店の古めかしいセンスは許せないものだった。しかも、ここは北京だ。この格好で、ちゃんとした身なりの人たちに混ざって街を行くなんて……。小春は泣きそうだった。

「こら、髪をいじるな。高かったんだぞ」

小春は、自分を止めようとする劉成の髪も気になった。

「父さんの髪形も変だよ」

小春は劉成の髪に手を伸ばすとグシャグシャに乱した。慌てる劉成の表情がおかしく、小春はさらに指を動かした。こうしてじゃれあううちに小春の気分は少しだけ晴れていった。

（髪はまた伸びるさ。そしたら今度こそ、あの最初の店のような本物のヘア・サロンでカットしてもらうんだ）

小春は、劉成には言わなかったが、固く決心した。


故宮の北側に位置する景山公園。その一角、景山後街に北京市少年宮はあり、バスを降りた劉成と小春はまもなく辿《たど》り着いた。

「さ、ここまで来るのに何分かかった？」

「四十五分ぐらいだね」

腕時計を見ながら小春は答えた。

「よし。これで安心だ。宿からの所要時間がわかった。さて、申し込みを済ませてしまおうじゃないか」

少年宮の門番は、劉成と小春が明日のバイオリン・コンクールのエントリーに訪れたと聞くと、今は昼時で係の者は食事に出ていると注意した。そこで二人は一旦少年宮を出て公園の売店で軽食をもとめ、少年宮の門前に座り込んで昼食をとることにした。午後の受付が始まったら、早速申し込むつもりなのだ。

「父さん、まだ何か心配なの」

小春は何か浮かぬ顔でパンを齧《かじ》る劉成に話しかけた。

「小春、演奏のスピードがまだ足らない気がするんだ」

「大丈夫だよ」

「いや、今一度試しておこう。競争するぞ」

「そんなこと言っても、此処《ここ》には舟はないよ」

〈競争〉と〈舟〉は二人がバイオリンの話をするときの決まり文句であった。西洋音楽に関する特別な知識も見識ももたない劉成は、バイオリンを習い始めた小春の習熟度を自分なりに測るため、演奏の速度を尺度としてきた。もし速くきちんと弾けるなら、普通に弾いたときはとてつもなく上手く弾けるはずだと劉成は考えたのだ。

そして彼は、小春の演奏速度を上げるためにあるゲームを考案した。まず小春を橋の上に立たせておき、自分が漕ぐ舟が見えたら演奏を始めさせる。舟が小春の立つ橋のところに到達するまでに曲を弾き終えたら小春の勝ち、曲の途中で舟が橋をくぐれば劉成の勝ちというものだ。

幼い小春にとって、この父との速弾き競争は楽しいゲームであり、男同士の真剣な勝負であった。最初の頃は手加減して艪《ろ》を漕いでいた劉成も、小春の成長につれ真剣に漕ぐようになり、今では全力で漕いでも勝てるかどうかわからなくなっていた。しかし、全国コンクールとなると話は別。劉成はそう考えたのだ。

劉成は口の中のパンを呑み下すと公園を指さした。

「あの丘を走って三周する。それぐらいで丁度いいだろう。おまえが勝てれば明日のコンクールは安心だ」

「父さんの負けに決まってるさ」

小春も最後の一口を頬張ると立ち上がってバイオリンを構えた。

「いつでもいいよ」

「よし！」

劉成が走り出すと同時に、小春のバイオリンから艶やかな音が流れ出した。『智取威虎山（知恵を使って威虎山を奪取する）』だ。晴れ上がった空の下、緑豊かな少年宮周辺の空間にその音色はなじみ、たちまち溶け込んでいった。

速弾きであるにもかかわらず、豊かな感情を湛《たた》えた小春の演奏に思わず聴き入る男がいた。少年宮脇の植え込みで飼い猫のトイレ用に砂をバケツに取っていたその男は、スコップを握った手の動きを止めて小春に視線を向けた。口に咥《くわ》えた煙草が小さく動いた。彼はかつて神童とその才を謳《うた》われ、中年の域にさしかかった今は少年宮でバイオリンを教えている江国華《ジャン・グオホア》であった。

まもなく演奏が終わり、息せき切った劉成が駆け込んでくると江は立ち上がった。

(今年のコンクール、人選は悪くないようだな。でも、結局は……)

寝癖のとれない伸びっぱなしの頭を掻きながら江国華は職員住宅の自室に戻っていった。着古したシャツとズボン、色あせたチョッキという風采の上がらぬ姿に、かつての華やかな日々の名残りは見られず、まだ老け込む年でもないのに、その世捨て人めいた物腰は既に年季を感じさせるものであった。

「ほら、やっぱり、父さんの負けじゃないか」

「ああ。これなら大丈夫だ」

江の背後では劉成と小春が満足げに笑っていたが、既に江の関心は自宅で自分の帰りを待つ愛猫たちに移っていた。

（さて、帰ったら奴らに餌をやらねばな。さぞ腹を空かせてることだろう）

「コンクールは九時半から。参加者は九時までに来てください。劉小春さんの演奏は三番目です」

受付の女性は伝達事項はしっかり教えてくれたが、些細なことまでいちいち何度でも尋ねてくる劉成にうんざりして苛立《いらだ》ち、小春の服装にしなくてもいい注文をつけた。

「舞台に上がるんだから、もうちょっとちゃんとした服を買ってやりなさいよ」

自分では気に入っている真新しい薄茶のジャンパーを貶《けな》された小春は腹を立て、劉成をその場に残して受付を出た。劉成のせいで自分が辱められたと考えたのだ。髪形は駄目。服も駄目。全部駄目じゃないか。なんてことだ。小春のプライドは傷だらけになっていた。これ以上こんなところに居たくない。エントリーする参加者とその付き添いの父兄で混雑する受付を離れ、小春は静かな建物の奥へと歩いていった。

慌てて小春を追いかけた劉成は、少年宮の奥のレッスン室が並ぶ一画で息子を捉まえた。小春の行動を諫《いさ》めようとしたとき、劉成の耳にバイオリンの音が届いた。すぐそこに扉の開いたレッスン室が一つ。そこから漏れてきた音だった。その部屋の前には椅子が持ち出され、男が一人奇妙な姿勢で腰かけ、少年にレッスンをつけていた。

（しめた！　バイオリンの先生がいたぞ）

劉成は小春をその場に止め、男に近づいた。なんとも風采が上がらず如何《いか》にも変人めいた男だが、ここに居る以上は少年宮の先生なのだろう。この伝手《つて》を掴《つか》むチャンスに劉成は奮い立った。

「失礼ですが、バイオリンの先生ですか？」

男は気のない素振りで応えた。

「それが、どうかするのか」

男は教室内で演奏していた少年に手で合図を送り、演奏を中断させた。

「煙草、いかがですか」

劉成が差し出す煙草を男は受け取らない。劉成は、無理強いしてもと煙草をひっこめて話を進めた。

「お名前は？」

「江だ」

「実は、息子が明日のコンクールに参加するんです」

江国華は物憂げに首を回して廊下の小春に視線を向け、そこにいるのが、ついさっき門のところで見事な演奏をした少年であることに気づいた。

「それで？」

「申し訳ないんですが、息子の演奏を聞いていただけませんか。コンクールは初めてなんで、事情に通じている方に何か指導なりアドバイスをいただければと思うんですが」

「あんたの息子なのか。いくつなんだ？」

「十三になります」

「これまで誰に習ってきた？」

「はい、謝《シェ》先生に。上海音楽院を出られた有名な方です」

江国華は突然声を荒らげた。

「あんた、常識ってものはないのか！　その先生が教えなくてどうするんだ。俺が指導を誤ってコンクールをしくじったらどうするんだ。厄介なことになるぞ」

「は、すみません……」

「謝ることはない」

江国華は言い終わると立ち上がり、椅子を抱えてレッスン室に入っていった。室内にはバイオリンを抱えた小太りな少年が、先生と劉成のやりとりにとまどって立ちすくんでいた。

「何を見ている。さ、続けるんだ」

江は少年を叱責し、再びバイオリンの音が流れ出した。

劉成と江国華のやりとりを見ていた小春は哀しくなった。

（どうして父さんは、誰にでもペコペコするんだろう）

少年宮から宿に帰る途中、小春は北京に出てきてからの劉成のふるまいを思い返してみた。宿の男、理容師、少年宮の受付、そしてさっきの男……のべつまくなし誰にでも頭を下げている。そんな劉成の姿を小春は見たくなかったし、不満だった。

（西塘の町では、皆がもっと大事にしてくれたじゃないか。父さんも堂々としていたじゃないか。なのに此処、北京では……）

自分の心が不安定になっていることを小春は自覚した。このままではいけない。

夕食を終え、宿に戻って日課であるバイオリンの手入れをしていた小春は、気分転換のためにもう一度練習をしておこうと思い立った。そうすれば気持ちが落ち着くに違いない。

（どこに居たってバイオリンを手にすれば、ぼくはぼくでいられるはずだ）

だが、弓が弦に触れ、楽の音が迸るやいなや隣室の男が怒鳴り込んできた。

「おい、何時だと思ってるんだ！　俺は今日一日働いてクタクタなんだぞ。おまけに明日だって早いんだ」

劉成がすかさず男をなだめにかかった。

「お兄さん、すまなかった。その子を怒らないでくれ、わしがやらせたんだ。明日のコンクールに出場するんで練習させたんだよ」

「コンクールだって？　俺には関係ないね」

「まあまあ、煙草でもどうですか」

小春はいたたまれず部屋を出た。また、父さんに頭を下げさせてしまった。しかも今度は自分のせいだ。

「おい小春、どこに行くんだ？」

「その辺さ！」

小春はくさくさした気分を抱えて旅館を出て、しばらく胡同を歩いた。足にまとわりつく紙くずを蹴飛ばすと少しだけ気が晴れた。夜気を吸い深呼吸を繰り返すうちに、気持ちは静まってきた。そのとき背後から何かを引き摺る音が聞こえてきたので、小春は振り返った。

女が大荷物を抱えて道を歩いてくるところだった。夜目にも派手な女だ。夜だというのにサングラスをかけ、口紅は濃くクッキリと引かれている。耳元では大きなイヤリングが揺れている。赤い薄手のセーターに黒いレザーのミニスカート。黒いストッキングに包まれた長い脚。小春が見たことのない類の女、都会の大人の女だった。そんな女が三つものキャリーバッグを引き摺って歩いてくるのだ。おまけに一つのキャリーバッグには大きなショルダーバッグも載せられている。

女は小春の前で立ち止まると声をかけてきた。小春が自分に見とれているのを意識してのふるまいだ。女は小春の警戒心を解こうとサングラスを外し、顔を見せた。予想通りの派手な美人で、小春にとっては初めて間近で見るフルメイクの女性であった。

「ねえ、荷物を運ぶの手伝ってくれない。お小遣いあげるからさ」

女はそれだけ言うと、緊張して黙ったままの小春の返事も聞かずに一番小ぶりなキャリーバッグを一つだけ引いて歩き出した。振り向きもしない。後には大荷物が残された。小春はやむなくバッグを背負い、二つのキャリーバッグを両手で引きながら女の後を追った。

女は小春たちの泊まっている旅館からほど近いアパートに入っていった。大荷物に苦労しながら二階まで階段を上ると、突き当たりが女の部屋だった。

ドアの鍵を開けると女は命じた。

「荷物を入れて！　突っ立ってないの。そう、そこよ」

小春は言われるままに窓の下、スチームの脇にキャリーバッグを置き、バッグを肩から下ろした。一息ついて見回すと、女の部屋は見慣れない品物で一杯だった。吊り下げられた洗濯物らしいストッキング、オレンジ色の布張りの椅子、壁に貼られた外国のスターや映画の写真、ベッドの上に置かれた星形のクッション、壁際に並ぶ衣裳ケース……。テーブルに並んだ化粧品。鏡台。そこには小春の知らない世界が広がっていた。

小春が部屋の発散する大人の女の匂いに陶然となっていると、ノックの音が響いて彼を現実に引き戻した。

「誰よ?」

女が応えるが返事はなく、再びノックの音が響いた。

「誰なの?」

ドアを開けると、そこには高そうな服に身を包んだ年配の女が立っていた。

「莉莉《リーリー》は?」

「そんな人、いないわよ」

女は無表情に応えた。

「此処に住んでいるはずだけど」

来訪者の声は感情を殺しているが、かすかな怒気が含まれていた。

「知らないわ、よそを当たって」

女はそう言い放つとドアを閉めかけたが、訪ねてきた女は身体を玄関口に滑り込ませてきた。

「たしかに此処よ」

部屋に入った年配の女は小春に気づいた。その顔に意外そうな表情が浮かぶ。

「なんなら、弟に訊いてみる？」

来訪者の表情の変化を見取った女が尋ねた。

「誰が弟だって（そうか、この女は莉莉っていうんだな）」

小春は、女の身勝手さに腹が立ったので、反射的に口を開いた。

「まあ、まだ姉さんのこと怒ってるの？　困ったわね」

莉莉はすかさず取り繕ったが、小春は逆らった。

「姉さんだって？　ただ荷物を運ばされただけじゃないか。金を払うっていうから引き受けたのに。支払いはまだかい？」

年配の女は不審そうに対峙《たいじ》した相手をねめつけると、視線を足元に下ろした。黒いストッキングの先には、明らかに今の服装には似合っていないサンダルがつっかけられていた。急に目つきが鋭くなった女は、口元に笑いを浮かべて手提げから黒いシックなハイヒールを出して莉莉に突きつけた。

「あんたの靴ね。この泥棒猫！　女狐が！」

女は莉莉を突き飛ばすと摑《つか》みかかった。

生まれて初めて目にする大人の女同士の取っ組み合いに唖然とする小春の目の前で、二人の女は大立ち回りを始めた。口汚く互いを罵り合いながら摑み合い、もつれ合い、床の上を転がりまわる。莉莉はなんとか女を廊下に追い出そうとするのだが、力が拮抗《きっこう》していてうまくいかない。

やがて時ならぬ物音にアパートの隣室から住民たちが何事かと顔を出し、莉莉の部屋を覗《のぞ》き込むが、誰も二人の勢いに怖《おそ》れをなして仲裁に入らない。無責任に見物を決め込むだけであった。

やがて若い分だけ持久力に分《ぶ》があった莉莉が、女を廊下に突き飛ばしドアを閉めることに成功した。締め出された女は、ドアを揺さぶりながら「開けろ」と喚《わめ》いたが、余裕を取り戻した莉莉は携帯電話を持ち出してきて、ドアの向こうに叫んだ。

「さっさと帰りな！　さもなきゃ警察を呼ぶからね」

女がなおもドアを叩き続けると莉莉はダイヤルを押し、女に聞こえるように大声で通報した。

「もしもし警察！　家の外に大騒ぎしてる不審な女がいるの。早く来てちょうだい」

女が恨み言を残してやむなく立ち去ると、莉莉はまた携帯電話をかけた。小春には相手の声が聞こえなかったが、会話の内容は莉莉の言葉とさっきの状況から察しはついた。莉莉はさっきの女の旦那さんの浮気相手なのだろう。莉莉は甘えるような口調で話しだした。

「ええ、田《ティエン》さん、言われた通りに荷物は全部運び出したわよ」

小春は運ばされた荷物の正体がわかった。何処かに電話の相手が用意した二人の隠れ家があったのだが、そこが奥さんに知られたので引き払ってきたのだ。

「でも、不思議ね。どうしてこっちの住所がバレたのかしら?」

次の瞬間、莉莉の表情が凍りつき、見開いたままの瞳から涙が一筋頬を伝った。そして彼女の顔は突然クシャクシャに崩れ、脱力した彼女はそのまま床に崩れ落ちた。携帯電話を放り投げるのと同時に、彼女は声をあげて泣き出した。まるで子供のように無防備な泣き方だった。どう見ても、そこに在るのは大切な相手に去られた女の嘆きだった。

生まれて初めて大人の女性の喜怒哀楽につきあわされた小春は、どう対処していいか見当もつかず、ただただ立ち尽くしていた。さっきまで美人ではあっても自分勝手で傍《はた》迷惑な女性としか映らなかった莉莉が、今は可愛らしくさえ感じられる。小春がこの自分の感情の変化にとまどっていると、ようやく小春の存在を思い出した莉莉が、彼を追い出しにかかった。

「何見てるのよ!　全部あんたのせいよ。出てけ!」

小春は莉莉の八つ当たりに抵抗できず、たちまち廊下に出された。約束の小遣いも忘れられたままだが、とても言い出せる状況ではなかった。

（まあ、気分転換にはなったけどさ……）

小春は複雑な気分で宿へ帰り、とにかくコンクールでは一位を取るぞと自分に言い聞かせながら眠りについた。

第４章

蹉跌と屈辱

コンクール当日の朝、劉成《リュウ・チェン》と小春《シャオチュン》は充分な余裕をもって宿を出た。

大通りに出たところで劉成が小春に話しかけた。

「なあ小春、今日はタクシーで行こうじゃないか」

「タクシーは高いよ。それに時間はまだあるじゃないか」

小春は反対したが、劉成には別の考えがあった。会場までタクシーで乗り付ける。それでこそ一位を取る参加者に相応しいやり方じゃないかと思ったのだ。自分たちは、優勝するのだ。ならば会場入りもそれに相応《ふさわ》しいものでなければなるまい。バスで行くなんてとんでもない。これは実に北京人らしい見栄の張り方であった。

「小春、今日は大事な日じゃないか。そんな日にわずかな金を惜しんでどうする」

劉成は車道に出てタクシーを拾った。

だが、長年北京を離れていた劉成は、現在の北京の交通事情に疎《うと》かった。前日少年宮に向かった昼時と朝の通勤時間帯では交通量にどれだけの違いがあるかなど、想像すらしなかった。

二人の乗り込んだタクシーは、最初のうちこそ快調に走っていたがすぐに渋滞に呑み込まれ、たちまち走っているのか停まっているのかわからない状態になってしまった。

たまりかねて劉成は運転手に尋ねた。

「運転手さん、あとどれくらいで着きますか」

「さあ、ねえ」

運転手は気のない返事をした。

「だいたいのとこでいいんだけど」

「今日はあまり混んでないから……二十分てとこかな」

「二十分ならいいか……」

劉成はとりあえず納得して再びシートに身を埋《うず》めた。その隣では小春が不安そうな顔で黙りこくっている。

「それにしても、これで『あまり混んでない』とはな……」

劉成は誰に聞かせるともなく呟《つぶや》き、車窓から街を眺めた。彼の知るかつての北京からは信じられないほどの量の車両の向こう側に北京の街が僅《わず》かに望めた。

しかし、タクシーはその後も一向に渋滞から抜け出せなかった。焦《じ》れた劉成は再度運転手に尋ねた。

「あとどのくらいで着く？」

「十分ほどかな」

運転手ののんびりした口調に苛立《いらだ》った劉成は、腕時計をさせている小春に尋ねた。

「小春、今、何時だ」

さっきから何度も腕時計を見ていた小春は、もう一度文字盤に目を落とし、元気のない声で答えた。

「九時十五分……」

劉成の顔に絶望が走った。まずい。出場者の集合時間にはもう遅刻だし、開演時間までもあと十五分しかない。劉成は叫んだ。

「駄目だ。車を寄せてくれ！」

「どうやって？　真ん中の車線を走ってるんだぞ」

劉成は運転手に言われるままの料金を押し付け、強引に車を停めさせると小春を連れて飛び出した。渋滞で動けぬ自動車の群の中を走り抜け、歩道に飛び乗り、全力疾走で北京市少年宮をめざす。息が上がり、心臓が悲鳴を上げても走り続ける。急な運動で足がもつれかけたとき、少年宮の門が見えた。

父子は励まし合いながら門をくぐり、会場のホールに入る階段を駆け上がった。

「待って！　何をする気？」

そのまま会場に駆け込もうとする二人を入口で係員が制止した。昨日、受付をしてくれた女性だ。劉成が必死の形相でかすれた声を張り上げる。

「参加者なんです。息子が出るんです。急いでるんだ！　通してくれ！」

「参加証を見せて」

「小春、早く。さ、贋物《にせもの》なんかじゃないです。さあ通してくれ」

係の女性とのやりとりが続くなか、会場からアナウンスが流れてきた。

「次の演奏は、四番の参加者。沈陽音楽院の左《ヅオ・》巧巧《チャオチャオ》さんです」

劉成と小春の身体は凍り付いた。小春の演奏は三番目だったはず。二人の表情は急激に曇った。さっきまで身体を支えていた希望の糸が切れたのだ。

（間に合わなかったか……）

劉成の身体に苦い痛みが走った。だが、ここであきらめることは到底できない。劉成は係の女性にすがりついた。

「先生！　お願いだ。審査員に話してください。たった五分遅れただけなんです。遠い土地から来たんです。どうか話してみてください。途中に入れろなんて言いません。最後に、一番最後に演奏させてもらえればそれでいいんです」

「わたしに何を話しても無駄よ」

係員の返答は素っ気なく、ここで押し問答を繰り返しても埒《らち》が明かないとみた劉成は、とにかく会場に入って談判しようと係員の制止を振り切ったが、入口の騒ぎに気づいて会場から出てきた男に一喝された。

「何を騒いでるんだ。今ここでやっているのは正式なコンクールなんだぞ。妨害する気なのか！」

「とんでもないです。先生、お願いです。審査員の方々と相談してみてください。このままでは……わしは息子に申し訳が立たない」

「この演奏が終われば、次の演奏が始まるまでの間は会場への出入りは自由だ。でも、コンクールへの中途参加は認められない」

「なんとかお願いします。どうか、なんとか……」

劉成が何度頼んでも少年宮側の対応は変わらなかった。声を荒らげてみても、丁寧に頼み込んでもどうにもならなかった。小春は父の懸命な折衝をみながら、自分が社会的には何の力ももたない子供だという現実を直視していた。常日頃、子供扱いされるのを良しとせず大人並みに遇されることに慣れてきた彼にとって、この事態は辛く耐え難いものだった。

そうこうするうちに演奏が終わり、力尽きた父子は大人しく会場に入り、空いていた客席最後列に並んで腰を下ろした。二人は交わす言葉もなく無念の表情で互いにみつめ合った。やがて、司会者のアナウンスが次の演奏者名と演奏曲目を告げ、呼び出された少女が舞台中央に歩み出て演奏を始めた。

無念の面持ちで静かに舞台をみつめている息子の姿に、劉成は胸がつぶれるような想いがした。人一倍プライドの高いこの子が、一言も恨み言を口にせずに座っている。これは、なんとかしてやらねばならない。それが親としての役目だ。だが、いったいどうすればいいのか……。

そんな父子の存在に気づいた男がいた。江国華《ジャン・グオホア》だ。会場の後方で円柱にもたれて煙草を燻《くゆ》らせながら参加者たちの演奏をつまらなそうに聴いていた彼は、劉成と小春が精根尽き果てた顔で姿を現わすとすぐに事情を察した。

（遅刻したのか。定時に来ていれば、この退屈なコンクールを引っ掻きまわせたものを……。まったく期待外れだな）

「皆様、これで参加者の演奏は終了しました。審査が終了次第、入賞者の発表を行ないますので、どうかそのままお待ちください」

演奏の終了を告げるアナウンスが、劉成の気力を甦らせた。

「待った！　参加者はもう一人いる」

劉成は立ち上がるとあらん限りの力を込めて叫んだ。

およそバイオリン・コンクールの会場に似つかわしくない突然の大声に会場はざわつき、

誰もが発言の主を求めて視線を彷徨《さまよ》わせた。

「まだ終わってないぞ、小春、来い」

劉成は小春の手を取って舞台に駆け寄った。会場の人々は何が起きているのかわからず、ただ父子の行動を見守るだけだった。だが江国華だけは、この予期せぬ展開を楽しんでいた。

（こいつは面白い。さて、どこまでやれるかな）

小春と舞台に駆け上がった劉成は、呆然とする司会者からマイクを奪うと会場に向けて話しかけた。

「司会者の方、ありがとう。審査員の先生方、御来賓《らいひん》の皆さん、三番、浙江省から来ました劉小春が皆さんのために演奏するのは『カルメン幻想曲』です」

劉成は小春に準備を促し、ピアニストに頭を下げて伴奏を頼んだ。

だが、小春がケースの蓋を開けようとしたとき、職員に先導された屈強な二人の警備員が駆け付け、舞台上の劉成を取り押さえた。

「何をする！　邪魔しないでくれ！　息子の演奏を聴いてくれ」

必死に叫ぶ劉成が引き摺り下ろされ、会場の外へ引き立てられていくのを小春は何もできずに見ていた。自分の無力さを再び思い知らされた。今の小春はただの十三歳の少年だった。

「父さん……」

劉成の叫び声が小さくなるのを聞きながら小春は呟き、そして唇を噛んだ。

江国華は円柱にもたれつつことの顚末《てんまつ》を見届けた。

（ここまでか……）

彼はつまらなそうな顔で煙草の煙を吐き出した。


北京市少年宮の中庭。今もバイオリン・コンクールが続いているホールに背を向けて、心破れた父子が座り込んでいた。

「小春、腹減ったか？」

劉成は重くなった口を開いてかろうじて聞き取れるような声を絞り出したが、小春は黙ってかすかに首をふるだけだった。

やがて中庭に人の気配が溢れた。コンクールが終了し、ホールから一斉に人が出てきたのだ。その中の一人が父子に気づいて歩み寄る。警備員を誘導した少年宮の職員だ。彼は劉成に声をかけて立たせると包み込むように肩を抱いて話しだした。

「きみの気持ちはわかる。わたしにも息子がいるからな。だが、あのやり方はいかんよ。

何事にもルールというものがある。あそこできみの息子に演奏を許可してごらん、今度は他の参加者が不満に思うだろう。自由市場が栄える世の中だが、なんでも好き勝手にしていいというわけじゃないんだ。

きみは親なんだから、子供の手本にならねばならないじゃないか。息子に一位を取らせたいなら、もっともっと練習させて次の機会に挑戦させるんだ。それじゃな。しっかりやれよ」

劉成は男の説く正論に首を垂れるしかなかった。親切な忠告はありがたかった。たしかにその通りなのだ。しかし、自分たちに〈次〉はあるのか。劉成は泣きたくなったが、小春に自分のそんな姿を見せるわけにはいかない。彼は小春に、何処にも行くなよと釘をさしてトイレに行った。個室に籠もれば誰にも涙を見せずに済む。一人になって気持ちの整理をしてこよう。劉成はトイレを探して少年宮の建物に入っていった。

トイレをみつけた劉成が個室に籠もって涙を拭《ぬぐ》い、なんとか心を落ち着かせていると、外から話し声が聞こえてきた。どうやら用を足しながらの会話らしい。

「これはこれは審査員の呉《ウー》先生じゃないか。どうだね、今回の一位は幾らになったんだい」

皮肉っぽい声が問いかけている。

「やめてくれよ、金なんか貰《もら》ってないよ」

「隠すなよ。わかってるんだ」

「……二位と三位には少々寄付してもらったけどさ。一位はさ、あの重鎮、余世風《ユー・シーフォン》教授の弟子の林雨《リン・ユー》だぜ、コンクールに箔を付けるために、わざわざ参加させてくれたんだ。それを一位にしないわけにいかないだろ」

「あの女の子か」

「そうだ。不満かい？　じゃ、江先生なら誰を一位に選んだ？」

(江先生？　昨日の江先生か)

劉成はそっと個室のドアを開け会話の主たちを覗き見た。見覚えのあるシャツとチョッキ、ボサボサの頭がスーツ姿の長身の男と並んでいる。

「一位を取るべきだった子は、今日は弾かなかった」

「それって、あの会場で騒いだ親子のことかい？」

「ああ、演奏できてりゃ、あの子が一位だったよ」

劉成は、俄《にわ》かに暖かな光に包まれたような気がした。たった今まで呑み込まれていた敗残の気持ちは急速に晴れていった。世界はまだ小春を、そして自分を見捨ててはいないらしい。

用を終えた二人は洗面台に向かった。スーツの男は高価そうなハンカチで手を拭いながら話を続けた。

「なんで、そう思うんだい？　ひょっとして教えたことがあるのか？」

「いいや。だが演奏を聴いたのさ。門の前でな」

「門の前？　まあそれにしても、我が協会は江先生のことを軽んじすぎてるな。過小評価だよ。今日だって審査員に入れるべきだった」

「ふん、心にもないことを。なら、審査員の選考会議で俺を外す方に手を上げたりするなよ。ま、審査員なんて頼まれてもお断りだがな」

「相変わらず頑固だな」

「ほっとけ！」

二人の足音が廊下に消えるのを確認してから劉成は個室を出た。彼は偶然にもさっきの会話を聞くことができた巡り合わせに、心から感謝した。これで北京に来たことが全くの無駄ではなくなった。少年宮の教師が認めてくれた。小春が本当は一位だったと言ってくれた。しかも、そう言ってくれた人物は、前後の会話からして見てくれは悪くてもひとかどの人物、腕のある硬骨漢らしい。さっきまで悲哀で塗りつぶされていた劉成の胸に、小さな希望の灯がともった。

その夜、劉成と小春は宿を引き払った。

このままでは帰れない。一位を取るまで北京に残る。帰りたいなら父さん一人で帰れと言い張る小春を、劉成は説得できなかった。一位を取るまでといっても、次のコンクールが何時かもわからないし、コンクールがあったとしても自分たちが参加できるかどうかもわからないと、道理を説いても小春は耳を貸さなかった。

今朝の失態は保護者である自分の責任だ。コンクールの審査で敗れたのならまだしも、遅刻して演奏を披露できなかったとは、小春は級友たちにも、周囲の大人たちにも言えはしまい。小春の気持ちが痛いほどわかる劉成は、息子の言い分を認める他なかった。小春には何の落ち度もないのだから。学期の途中でもあり、本来は一日も早く帰って学校に通わせねばならないのだが仕方がない。

しかし、滞在が延びるとなると懐具合が気になる。まだ充分な金額は帽子のポケットに隠し持っていたが、滞在がいつまでになるかはっきりしない以上、ここは節約しなければなるまい。劉成はもっと安価な宿に移らねばならないと決断し、小春を促して荷物をまとめた。

来娣が持たせてくれた特製の布団綿を担ぐとき、劉成の胸は痛んだ。この心尽くしの品が活かせる機会を、なんとかして摑《つか》まなくてはなるまい。

廉価な宿として劉成の頭に浮かんだのは、大衆浴池（註：中国式の銭湯）だった。脱衣所の寝椅子を使って寝泊まりする男たちを、彼は北京で暮らしていた頃に見たことがあった。ああいう所なら料金も安いに違いない。劉成は浴池を求めて胡同を歩き、まもなく清香浴池という看板を掲げた店をみつけた。二十四時間営業という文字も看板にある。此処なら大丈夫だろう。

「いらっしゃい。お泊まりですか？」

大荷物を抱えて入ってきた父子を見て、従業員の青年が愛想よく声をかけてきた。

「泊まれるかな？」

「はい、一人二十五元になります」

「子供は半額でいいのかい？」

「いえいえ、お子さんも全額いただいてます」

「しばらく滞在するんだ、半額にならないかな？」

「それはちょっと……ぼくの一存では」

「わかった。小春、此処《ここ》でいいか？」

小春は黙って頷《うなず》いた。もう泊まる場所なんかどこでもいい。大事なのは、この北京でバイオリンの腕を認められることだ。このままでは終われない。絶対に。小春の唇は固く結ばれていた。

荷物と服をロッカーに収め、早速湯船につかった劉成は大きく伸びをした。大変な辛い一日だった。自分の不用意さが小春のチャンスを潰したと思うと、今も消え入りたい気分だ。だが、ここで踏ん張らねばなるまい。劉成は誓った。自分の力で、もう一度小春にチャンスを摑ませると。

浴室を出た劉成が温まった身体で寝椅子に腰かけると、隣の寝椅子で寝転んでいた小春が起き上がり、無言で父の肩を揉み始めた。小春は小春なりに気にしていたのだ。

小春は肩を揉みながら改めて父の背中を眺めた。痩せているが硬い筋肉質の身体だ。この身体で艪《ろ》を漕ぎ、鍋をふるって金を稼ぎ、自分を育ててくれたのだ。今日の騒動の中で、この父を恨む気持ちをひとときでも抱いたことを小春は心から申し訳なく思った。滞在を無理矢理延ばさせたことを心の中で詫びた。もし、自分のバイオリンが認められる日が来たら、そのときは思う存分恩返しをしよう。その日が一日も早く来るように頑張ろう。小春はそんな想いを込めて劉成の凝った硬い肩を揉んだ。

劉成もまた息子の掌の感触を肩に感じながら今日一日のことを回想した。ともかくあの江という教師にもう一度会わねばなるまい。今の自分にある伝手《つて》は、あの変人教師だけだ。あの男を口説き落とし、小春の指導を引き受けさせること、そこから始めるしかないと劉成は決意した。ともかく全ては明日からだ。

劉成は、少年宮のトイレで耳にした江国華の小春への賛辞はまだ本人に伝えないことにした。ただでさえこの子には自信過剰な傾向がある。この大事な局面で、慢心に繋がりかねない話は聞かすべきではないだろう。もし、志を果たせず帰郷しなければならなくなったら、そのときにこそ語ってやろう。小春のその後の人生の支えとなるように。

この一日で思わぬ傷を負った父子は、北京の片隅で明日の巻き返しを誓いつつ眠りについた。

第5章

さまざまな出逢い

翌朝、劉成《リュウ・チェン》は小春《シャオチュン》を伴って再び北京市少年宮へ向かった。

「父さん、なんでまた此処《ここ》に来たの?」

劉成の意図を測りかねて小春が尋ねる。

「先生を探すのさ」

「先生? ぼくは謝《シェ》先生の弟子じゃないか」

「謝先生は此処にはいない。北京に残ってコンクールに出るのなら、誰かいい先生をみつけなきゃならないんだ」

「練習なら自分でできるよ」

「そんなことはわかってるさ、小春。だがな、コンクールでは誰の弟子かが大事なんだ。順位はそれで決まるんだぞ」

劉成は昨日トイレで聞き込んだコンクールの内幕を話してきかせたが、小春は興味を示さなかったばかりか反発を覚えた。

(そんなコネに頼る必要なんかないさ、ぼくのバイオリンは最高なんだから)

一昨日、江国華《ジャン・グオホア》と出会ったレッスン室に行くと、ちょうど江がレッスンの後片づけをしているところだった。小春を廊下で待たすと、劉成は入室して声をかけた。

「江先生、一昨日お目にかかった生徒の親です」

「何の用だ」

咥《くわ》え煙草の江は手を休めずに応えた。劉成が誰かはすぐに見取ったが、その表情は少しも動かなかった。

「息子の、劉小春のことなんです。先生が、本当は一位を取れたと言ってくれた劉小春です」

楽譜の整理をしていた江国華の手が止まり、劉成に視線が向いた。

「なんだって？　誰がそんなことを言ったって？」

「先生がトイレで話しているのを偶然聞いてしまったんです。あのとき、ちょうど個室に入ってまして」

「……それでどうした。文句があるなら審査員に言え。さ、帰るんだ」

江国華は劉成を追い出すとレッスン室に鍵をかけてしまったが、その素っ気ない態度にも劉成はひるまなかった。ここで引き下がっては、次の一手はないのだ。彼は小春を手招きすると、少年宮の裏手にある職員住宅に帰る江の後を追っていた。

江国華は自宅に戻ると玄関の前で練炭をコンロにセットし、薬缶《やかん》をかけて湯を沸かしはじめた。劉成はそこに近づき、職員住宅の門のところで待機させておいた小春を呼び込んだ。

「小春、挨拶しなさい」

小春が頭を下げると、江は火の具合を確認しながら口を開いた。

「たしかに、この子は天才なんだろうな」

ようやく江国華から反応を引き出した劉成は、ここぞとばかりにまくし立てた。

「ええ、そうですとも。この子のバイオリンは他の子のとはまるで違うんです。習い始めてからずっと、毎年毎年表彰され続けてきました。弟子にしても絶対に損はありません。江先生、どうか教えてやってください。

この子にとってバイオリンは母親の形見でもあるんです。小春は顔も覚えていない母親が遺したバイオリンを、母を慕いながら弾くんです。だから……」

劉成の弁が母親のことに及んだとき、それまで静かに聞いていた小春が素早く反応した。

「父さん、母さんの話はよせよ」

小春は、自分たち親子の関係でもっともデリケートかつ重要な母の問題を交渉の道具にされたことに反発し、常にない強い言葉で劉成に抗議した。だが、この抗議の言葉に反応したのは江国華の方だった。

「おい、誰に向かってそんな口をきくんだ」

江は初めて小春に顔を向けて喋った。

「おまえは生意気な奴だなあ。もし、おまえなんかを弟子に取ったら、さぞや苛《いら》つくことだろうさ」

「すみません。つい甘やかすことが多くて」

劉成はとりなしたが、断る口実を得た江国華は話を打ち切った。

「とにかく、このおぼっちゃまに教える気はないよ」

江は湯の沸いた薬缶を持って自宅に入っていった。

劉成は諦めきれずに江の家のドアを叩き、懸命に呼びかけ続けたが、小春はもはや居たたまれず、その場を立ち去った。父の試みが失敗し、自分の将来に通ずる扉が閉ざされたことがわかったのだ。しかも自分の言動が、その失敗の一因となってしまったことも認めないわけにはいかなかった。

傷心の小春が少年宮に戻ると、昨日コンクールの行なわれたホールの入口が開いていた。中を覗《のぞ》くと清掃中だった。舞台の飾り付けなどはまだ昨日のままだ。よし、一日遅れだけど此処で演奏してやろう。そう決めた小春は舞台に上がり、バイオリンを取り出すと今は虚《うつ》ろな客席に向けて挨拶した。

「皆さん、自己紹介は略します。演奏するのはパガニーニの『二十四の奇想曲』」

清掃作業をしていた男たちは、突然のことに作業の手を止めたが、特に咎《とが》めだてすることもなく小春を眺めていた。

顎《あご》を上げ、バイオリンを構える。精神が統一される。音楽だけが世界に在る。そして意識が集中する決定的な瞬間を小春は捉《とら》え、弓を走らせた。堰《せき》を切ったように豊かな楽の音が溢れ出る。この二日の間に積もった鬱憤《うっぷん》と鬱屈《うっくつ》が、西塘での日々の修練がこの瞬間に昇華され、弓と弦の神秘的な接触を通じて一挙に迸《ほとばし》った。

それは圧倒的な演奏だった。清掃員たちはたちまち手近な椅子に座り込んだ。彼らも少年宮に勤めているから、断片的ではあれ音楽には日常的に接している。でも、こんなに胸を締め付ける演奏、心の深い敏感な部分を探し出しては触れてくるような音色に触れるのは初めての経験だった。この得難い音楽を全身で受け止めようと、彼らはほとんど無意識のうちに椅子に座り込んだ。

小春の情熱的な演奏は開け放たれたドアの隙間からホールの外へ流れ出し、減衰しながらも少年宮の裏手、職員住宅で劉成の訴えに手を焼いていた江国華にも届いた。

小春の弟子入りを求めて取りすがる劉成をなんとか諦めさせようと、わざと素っ気ない言葉を吐き続けるこの男の耳が、かすかなバイオリンの響きを認めた。この演奏はただごとではない。紆余《うよ》曲折を経たものの、音楽に人生を捧げてきたこの男の身体は自然に動き出していた。もっと近くで、もっときちんとした音量でこの演奏を聴きたい。江国華はバイオリンの音に導かれ、少年宮のホールへと歩みを進めた。そして劉成もその後に続いた。

急いで歩を進めながら、江は確信していた。これはあの少年の演奏だ。一昨日、門の前で偶然聴いた演奏と同質の感情が脈打っている。弓の運びはそれなりの巧《うま》さだが、特筆すべきは演奏に籠もる感情の厚さと濃さだ。あの年齢の子供がどうしてこんなにも音楽に感情を込められるのか……。感嘆しながら音の源に辿《たど》り着くと、そこにはやはり小春の姿があった。

演奏者の姿を目にし、冷静さを取り戻した江は音楽教師としての自分に立ち返った。そして、その専門家の耳は、演奏にたちまち瑕瑾《かきん》をみつけた。

「やめろ！　そこは違う」

突然の制止の声に小春は演奏をやめ、江国華とその背後の劉成の姿に気づいた。一瞬前まで音楽が埋め尽くしていた空間が、急に閑散としたものに変わる。清掃員が江に不満の声をあげた。

「ねえ、江先生、いいから続けさせてくださいよ。もっと聴いていたいんだ」

小春が壇上から叫ぶ。

「間違ってなんかいないよ！」

「いいや、間違った」

「ぼくの先生でもないのに、何を偉そうに」

「間違いを指摘すれば認めるか？」

「その指摘が間違っていないとどうしてわかる。指摘の方が間違っていたら、どうやって責任を取るんだ」

「責任なら取ってやるさ」

小春の挑発に乗せられた江国華は舞台に上がり、小春と向かい合った。

「パガニーニの『奇想曲』はそんな曲じゃない。いいか、最初の部分はいい。だが、基礎のできていないおまえは、だんだんとデタラメでいいかげんな弾き方になっていった。自分で気にならなかったのか？」

劉成は江の言葉にハラハラした。小春はこれだけ真正面から小言を言われるのに慣れていない。ここでまた小春が癇癪《かんしゃく》を起こしたら、もうおしまいだ。だが、小春は江の言葉に反論しなかった。痛いところを衝《つ》かれたのだ。

「カッコをつけるな。自分の欠点を増やすような演奏をしてどうする。ヴィエニャフスキ（註：ヘンリク・ヴィエニャフスキ。十九世紀ポーランドの名バイオリン奏者、作曲家）気取りか」

江の指摘の正しさを認めつつも小春は言い返した。

「あんただってパガニーニ気取りじゃないか。知ったふうにあげつらうんじゃないよ」

「音楽は万人に平等に開かれた表現だ。作者じゃなくても誤りは指摘できる」

小春は黙って演奏を再開した。今度はさっきの感情を爆発させるような演奏ではなく、より神経のゆきとどいた細やかな演奏であった。真剣な表情で演奏を確かめていた江国華は満足げに頷《うなず》くと劉成に言葉をかけて、ホールを後にした。

「明日からレッスンに寄こせ。朝一番、八時からだ」

「江先生……」

思いつめていた劉成の顔が、一瞬で笑顔に変わった。これで一歩前進だ。昨日からの心痛が薄れていった。ようやく小さな達成感が、その疲労した心に訪れた。

そんな劉成に目を向けることなく、江の言葉を知ることもなく舞台上の小春は演奏を続け、客席の清掃員たちを心地良い楽の音で包み込んでいた。


北京における新たな一歩を達成した午後、劉成と小春は清香浴池に戻った。昼風呂を楽しんだ劉成は疲労をとろうと寝椅子に横になったが、若い小春はまだ早い午後の時間を何か有意義に過ごそうと身支度をして再び街に出た。どこかの公園でバイオリンの練習をしてもいいし、街を見物するのもいい。明日の八時からのレッスンというスケジュールが一つ決まったことで、逆に行動は自由になった。北京での生活に軸ができたのだ。

小春が出かけた後、劉成は思い立って受付で電話を借り、来娣《ライディ》に連絡を取った。最初の予定ではもう北京を後にする時分だ。連絡をしないわけにはいかなかった。案の定、電話ではコンクールの首尾を訊かれたが、劉成は正直に自分の落ち度で出場できなかった顛末《てんまつ》を話し、納得しない小春のためにしばらく北京に滞在することになったことを留守宅を守る新妻に告げた。

事態を聞いた来娣は、一度はそれなら自分も北京に行くと言い張ったものの劉成に反対されすぐに思いとどまった。たしかに自分までが北京に行っては、劉成たちと帰ってくるときの周囲の反応が必要以上に大きくなるだろう。小春が満足できるだけの成果を挙げていればいいが、もしそうでなければ自尊心の強いあの子はどうなるだろう。思慮深い来娣は、我慢して留守番を続けることにした。

来娣が北京滞在の延長を意外にすんなりと聞き入れてくれたので、劉成は肩の荷が下り、ホッとした気分で寝椅子に戻った。久しぶりに昼寝を楽しむ贅沢を自分に許そう。そう決めて劉成は目を閉じた。安らかな眠りがすぐに降ってきて劉成の不安と疲労、そして緊張を押し流していった。

小春が清香浴池の前の道を歩いていると、あたりの街並みに不似合いな真紅のスポーツカーが徐行してきた。滑らかに近づいてきた流線形の外車に見とれる小春の前で車は停まり、ウインドウが開くといきなり札が一枚突き出された。莉莉《リーリー》だ。つんけんした声が運転席から響いた。

「約束だからあげるわ」

そう言われても小春は素直には受け取れない。今さらだ。

「荷物を運んでもらっておいて、そのくせお礼のひとつも言わないような人からはもらえないよ」

「お礼だって？　冗談を言ってるの？」

莉莉の声に一昨日の晩のようなヒステリックな調子が加わった。

「あんたのせいで散々よ！」

莉莉は投げ捨てるように言うとアクセルを踏み込んで車を出した。だが、すぐに車は急停車し、莉莉が降りてきた。降り立った莉莉の服装は、一昨日のものよりもずっと感じのいいものだった。ジーンズにワイン色のカットソー、メイクも薄い。なによりも彼女が浮かべる決まりの悪そうな、はにかんだ笑顔が小春を捉《とら》えた。

（悔しいけど美人であることは間違いないや）

小春は莉莉を見て改めてそう思った。

「来なさいよ。怒らないから来て。お金が要らないのなら、せめて奢《おご》らせてちょうだい」

莉莉の強気な言葉の裏に貼り付いた寂しさに、ようやく気づいた小春は突っぱねるのをやめ、乞われるままに莉莉の運転する高級車に乗り込んだ。

（まあ、この車に乗るだけでも凄い体験だ。西塘にはこんな高そうな車走ってないし）

小春は割り切って北京ならではの体験を楽しむことにした。


莉莉が小春を連れていったのはＫＦＣだった。もっと高級な店も頭に浮かんだのだが、小春の年齢を考えて気楽なファストフード店を選んだのだ。莉莉の食事は明らかに自棄《やけ》喰いで、食べては涙ぐみ、頬張っては泣き出すといった具合だった。

（せっかく美人なのにみっともないなあ）

小春は口には出さなかったが、コーラを飲みながら嘆いた。しかし、自分に対し、この年上の美女が無防備であることは悪くない気分だった。小春は莉莉を眺めながら、自分の裡《うち》に彼女に対する親密な気分が醸成されていくのを感じていた。

食事の途中で莉莉の携帯電話が鳴り、女友だちが強引に彼女を呼び出した。今度は自棄買いに高級スーパーマーケットへ行くという。小春はなりゆきから荷物持ちとして同行することになった。

待ち合わせに現われた桃楽絲《タオ・ラースー》と名乗る女は莉莉よりやや年長な感じで、莉莉の不安定な精神状態を気づかうと一枚の名刺を渡した。滋潤堂と書かれたその名刺は、彼女がときどき頼んでいる出張カウンセラーのものだという。とにかくここに依頼して悩みを聞いてもらえば気持ちが楽になるからと、桃楽絲は特に興味を示さない莉莉の手に無理矢理名刺を握らせた。

この名刺のことを莉莉が思い出したのは、買い物を終えて小春と共にアパートに戻ってきたときだった。小春の両手がふさがる程の雑多な品を買ってはみたものの、いざアパートに戻ってくると一昨日の記憶が甦り、急に気持ちが塞いできたのだ。莉莉は桃楽絲の助言に従ってみることにした。

電話をすると相手は留守番電話だった。低い落ち着いた声が囁《ささや》くように気障《きざ》なメッセージを再生している。

「この都市の雑踏できみの声を聞けたこと。これは縁です。苦しみを抱えているのなら、どうか待たないで。ぼくに心を預けてください。その傷を癒《いや》してあげるから。今は留守です。発信音の後に名前と連絡先を残して。すぐに連絡します」

莉莉はメッセージは聞き飛ばし、再生が終わるやいなや用件を叩き込むように録音した。

「こちらは尹莉莉《イン・リーリー》。桃楽絲の紹介よ。ちょっと辛いことがあったの。すぐに晴朗胡同四号三棟一門九号まで来て」

録音を終えると莉莉は、荷物を置いて手持ち無沙汰にしていた小春に甘えるような声で頼みごとをした。

「ねえ、まだ帰らないで。もう少しつきあってよ」

「はあ?」

最初は莉莉の頼みの意味がわからなかった小春だが、説明を聞いて納得した。今の電話で頼んだのはさっきの桃楽絲に紹介されたカウンセラーの男だけど、初対面の男と部屋で一対一で会うのはまずいから、もう少しだけ一緒にいてほしいと莉莉は言うのだ。大人の女性に頼られる。これは小春にとって自尊心をくすぐる満足すべき事態であったから、彼はこの申し出を快く了承した。

こうして莉莉の部屋に居残った小春はテレビを見て時間を潰したが、その傍《かたわ》らで莉莉は落ち着かず、しきりに室内を動き回っていた。これからの展開が読めず不安と期待が混ざり合って、ただでさえ不安定な状態にある彼女の心をさらに乱したのだ。

彼女の不安は徐々に小春にも伝わり、彼はテレビの画面に集中することもできず、ただただ無為《むい》な時間が流れていくのに身をまかせていった。

そうこうするうちにノックの音が部屋に響いた。莉莉は反射的にドアに走り寄ったが、自分が最初に直接対面するのは芳しくないと考え直し、小春に指示してドアを開けさせた。ドアの向こうで待っていたのは、小春が見たこともないような類の男だった。いや、少なからぬ男を見てきた莉莉にとっても全く未知のタイプの男であった。

長身のその男は黒い大きなサングラスをかけ、やはり黒のロングコートを纏《まと》っていた。靴も提げた鞄も黒。男の全身を黒でコーディネイトしたスタイルは、小春にとってもその背後に立った莉莉にとってもインパクトのあるものであった。

男がサングラスを外すと、そこには知的で端正な顔が現われた。短く洒落たスタイルに刈り込まれた髪がよく似合っていた。年の頃は三十代後半か四十に手が届いたぐらいだろうか、青年期の甘さを漂わせた容貌に世慣れた所作が加わって魅力的ではあるが、それと同時に得体の知れなさも漂わせていた。

「尹莉莉さんの部屋ですね？　滋潤堂の出張サービスです。入ってもかまいませんね？」

男はそう言うと滑らかな足取りで部屋に入ってきた。そして室内を見回し、テーブルの上が空いているのを確認すると持ってきた鞄を載せて、中からさまざまな品物を取り出して並べ始めた。ミネラル・ウォーターのペット・ボトル、キャンドル、コードの付いた花瓶のようなもの……。男の手つきは芝居めいた気取ったもので、まるで舞台上の手品師のようだった。

「阿輝《アフェイ》、鐘阿輝《ジョン・アフェイ》です。これはぼくの大学の卒業証書。心理学科です」

男は品物を一通り並べ終えると、小さな書面を広げながら初めて名乗った。そして小春に視線を送ると莉莉に尋ねた。

「弟さんですか？」

「ええ、そうよ。同室してもかまわない？」

莉莉の質問に鐘阿輝は大げさな身振りで答えた。

「ノー・プロブレム！」

コートを脱ぐと、下には黒のタートルネック・セーターと黒のレザー・パンツ。完全に黒でコーディネイトされている。そして阿輝はテーブル前の椅子に莉莉を座らせると、卓上のバイオリン・ケースに目を留めた。

「これは！」

阿輝は微笑み、莉莉の瞳をみつめながら静かな口調で続けた。

「アーティストなんだね。どうも芸術の匂いがすると思ったら」

小春は自分の出番が来たと感じたので口を挟んだ。

「バイオリンはぼくのだ」

阿輝は悪びれずに話を続けた。

「そうか、では今日は弟さんの伴奏付きといきましょう。その方が効果が上がる。ところで今日は何時間コースをお望みかな？　料金は桃楽絲に聞いていると思うけど一時間百元」

「一時間でも二時間でもいいわ。あなたに任せる」

「では、今から始めましょう」

阿輝は腕時計のアラームをセットした。

「いいわ」

莉莉は緊張を隠して応えた。

阿輝は誠実さを感じさせる静かでゆったりとした口調で語り始めた。

「OK。では、ぼくのことをゴミ袋だと思って。あなたの感じている悩みや苦痛、その他のことを思いっきり詰め込んでしまって。大丈夫、全部ちゃんと持ち帰るから。さあ、どうぞ話してみて」

「ちょっと待ってよ。お金を払うのはわたしなのよ、あなたの方が喋りなさいよ。たしかに辛いことがあって泣きたい気分だけど、どうしてそれをあなたに喋らなきゃいけないの。

名刺に書いてあった宣伝文句通りに、依頼人を、このわたしを喜ばせて。さあ、やってみせてよ」

阿輝は、莉莉に非難されても穏やかに微笑んでいた。これは初めての依頼人にはよくある反応なのだ。余裕たっぷりのカウンセラーは、莉莉の攻撃的な口調に少しも動じなかった。

「もちろん、あなたには会話の中で個人情報を守る権利があります。そして、ぼくはあなたと会話を交わしお金をいただくわけです。しかし、だからこそあなたには自分の悩みや苦しみを隠さず打ち明けてほしいのです。料金分の満足を得ていただくためにも。あなたにすれば、ぼくはたしかに他人。でも保証しますよ。ぼくはあなたを百パーセント尊重する。決していいかげんに扱ったりはしません。信じてください」

阿輝は、言葉の最後を微笑で締めくくった。

莉莉は、次第に阿輝を受け入れていった。今の重い気分を軽くするために呼んだ男だ。充分にその力を発揮して自分を助けてほしい。ならば、男の指示に逆らってばかりいるのは得策ではないだろう。それに話をしてみると、意外に感じのいい男ではないか。

阿輝は莉莉の表情が素直なものに変わってきたことを確認すると、バイオリン・ケースを取って小春に渡した。

「さ、弟さん。何か静かな曲をお願いしますよ」

「向こうで弾いて。話は聞かないでいて」

小春は部屋の隅に行き演奏の準備を始めた。いささか風変わりな状況ではあるが、ともかくバイオリンを弾けるなら練習にはなる。構うことはない。

阿輝は持参したキャンドルにライターで点灯し、莉莉の顔をみつめた。莉莉はいつの間にか真剣な顔つきになっている。

「さあ、ぼくの目を見て。お名前は？」

「尹莉莉」

莉莉の唇が動くのと同時に、小春の演奏が始まった。傷ついた心を癒し、渇いた感情に潤いを与えるような落ち着いた響きが莉莉の部屋に満ちていった。

「いい名前だ。でも、ぼくはあなたの瞳の中にもう悲しみをみつけましたよ。それも深い悲しみを。もちろん具体的ないきさつはわからない。でもわかります。あなたは特別な相手に傷つけられた。だから辛い。悲しい」

阿輝の穏やかな声、経験を積んで会得した独特の抑揚は、あたかも熟練したマッサージ師の指先のようで、たちまち莉莉の強張《こわば》った心をほぐしていった。気がつくと莉莉は目元に涙を溜め、鼻をすすっていた。

「さあ、心を開いて話してごらんなさい。ぼくが聞いてあげますから。ゆっくりとね。時間はたっぷりありますからね」

「あの馬鹿に棄てられたの。しかも騙《だま》されてた……なんてこと」

莉莉は、最初の警戒心が嘘だったかのように不実な男、田《ティエン》とのいきさつを洗いざらい話し出した。出逢いから関係の深まり、そして一昨日の破局までを一挙に吐き出した。阿輝は莉莉の好きなように話させ、聞き役に徹した。

そして、ほんの少しの言葉で彼女の立場と心理を正当化してやり、その揺れる心を安定させてやった。さらには莉莉の記憶の中から幸福な時間を掘り出した。思い出を語る莉莉の顔は晴れ晴れとしていた。

「思い出すわ。父はわたしを可愛がっていた。子供の頃、夏になるとね、父の工場では映画の野外上映があったの。わたしはまだ小さかったから、会場で普通に座ったら大人たちの背に邪魔されて何も見えやしない。そのとき父が肩車してくれたの。スクリーンが端から端まで全部見えたわ。友だちが羨ましそうな顔でこっちを見てるのまで見えた。

映画が終わると、わたしと母は父の自転車に乗って帰るの。わたしが前で母が後ろ。父はね、機嫌がいいとよく映画の主題歌を口ずさんだわ。『流浪者』とかね」

「たしか、こういう曲だったね」

阿輝は低くハミングしてみせた。

「そう！　それよ！」

莉莉は笑った。小春は演奏を続けながら驚いた。莉莉が屈託のない笑い声をあげるのを初めて聞いたのだ。莉莉の表情はすっかり若やいだものになっていた。

「でもね、父の声は大きいし歌は調子っぱずれだったから、わたしも母もいつも大笑い……」

莉莉は言葉を終える前に津波のような大きな感情に呑み込まれた。声をあげて泣きじゃくる彼女を、阿輝は敢えて放置し、感情の波が引くのを待って話しかけた。

「一番幸福な時間は過去にあるのかもしれない。だからこそ、自分を奮い立たせ毎日をしっかり生きるんだ。明日は新しい一日なんだ。そう、インドの詩人はこんな作品を書いている」

そこまで喋ったとき、阿輝の言葉は腕時計のアラーム音に断ち切られた。

「時間だ」

急に事務的な口調となった阿輝は立ち上がると、持ち込んだ品々をてきぱきと鞄に収め始めた。莉莉はティッシュで涙を拭《ぬぐ》っている。まるで生まれ変わったようなさっぱりとした表情だ。

「あなたって……話が上手ね。すっかり気分が良くなったわ。あなた星座は?」

「天秤座《てんびんざ》」

「ああ、やっぱり。わたしは蠍座《さそり》なの。天秤と蠍は相性がいいのよ。誕生日は?」

「九月二十七日」

「まあ、明後日じゃない……。そうだ、ね、さっきの話、インドの詩人は何て言ったの」

「人に微笑みながら話しかけた。『君の後ろに幸せが見える』と。すると相手も笑顔で応えた。『振り返って自分を見てみろよ』と」

「……よくわからないわ」

「ちゃんと考えてごらん。わかるから」

莉莉はジーンズのポケットから百元札を三枚出すと阿輝に渡した。

「これじゃ多いよ」

「とっといて。ねえ、頼んだらまた来てくれる?」

「もちろん」

「本当?」

「必ず!　じゃあ弟さん、伴奏ありがとう」

ドアを開けた阿輝は、バイオリンをケースに収めていた小春に挨拶した。

「ぼくも帰るよ」

小春の返事を聞いた途端、阿輝は莉莉に視線を戻した。

「弟じゃないんだね。警戒したな」

「いいえ、そんな……」

言い淀《よど》む莉莉を制して阿輝は続けた。

「いや、正しいやり方だ。俺でもそうするね。こんな時代だもの、警戒するのは当然だ。さ、きみ、帰ろう」

手をふる莉莉を残して阿輝と小春は夜の胡同に出た。阿輝のことが気になって仕方がない小春は歩きながら話しかけた。あんなに苛立《いらだ》っていた莉莉を短時間で鮮やかに手なずけた手腕はただ者ではない。この男はどんな人物なのか、小春の好奇心は激しく回転していた。

「凄いね。話をするだけで儲けられるんだ」

阿輝は小さく笑った。莉莉の前にいたときよりも親しみやすい感じだ。

「ああ、もちろん。だが俺がやっているのはこれだけじゃない」

「本職は何なの？」

「俺は詩人だ」

「詩人だって？」

予想外の答えに小春の好奇心はさらに刺激された。詩人に会うのは初めてだ。

「疑うのか？　まあ詩人以外にも仕事はもってるけどな。各種宴席の司会進行、大衆芸能のパフォーマンス、さっきみたいなカウンセラー、金になることならなんでもやる。ともあれ俺は文化人さ。おい、腹は減ってないか」

夜道に出ていた屋台に小春を誘った阿輝は包子を注文した。ベンチに腰かける際のコートの裾の捌《さば》き方から蒸籠《せいろ》の中から包子を摘《つま》み出す指の使い方まで、阿輝の動作はことごとく気障《きざ》なものではあったが板についており、小春は阿輝のスノッブな仕草を憧れの目でみつめた。

（こんな気取った食べ方初めて見た。でもカッコイイ。これが都会風ってことか）

阿輝は会計を済ますと釣りを小春に渡した。

「何、これ？」

「バイオリンを弾いてくれただろ。働いたんだ。こういうことは、ちゃんとしておかないとな」

「もらえません」

阿輝は立ち上がった小春をもう一度座らせ、話を続けた。

「いいからとっておけよ。それより今日のわれわれ、とても息が合っていたとは思わないか？」

小春は、この都会の男が自分の演奏を誉めてくれたことが嬉しく、思わず顔をほころばせた。何故か、この男の誉め言葉には素直に喜べた。

「実は、俺はミュージシャンと組んで仕事をしたいとずっと思っていたんだ。どうだい、一緒にやってみないか？」

「うん！」

小春は笑顔で応えた。

「よし、いいぞ。ヨ・ロ・シ・ク。これは日本語だ。じゃ、これで決まりだぞ」

阿輝は膝の上に鞄を載せ、中からポケベルを取り出した。

「ポケベルだね」

目を輝かす小春に阿輝はポケベルを手渡した。

「これをやろう。仕事が入ったらこれで連絡する。電池を入れれば使えるからな。番号は裏にある」

小春は掌の上に乗ったポケベルの感触を楽しんだ。携帯電話じゃないのは残念だが、これは第一歩だ。そのうち、自分も携帯電話をポケットに入れて北京の繁華街を歩く日が来るだろう。

阿輝は話を終えるとタクシーを拾って去り、小春は劉成の待つ清香浴池に戻った。

(昨日も長い一日だったけど、今日もいろいろあったな)

目をつぶって小春は一日の出来事を思い出そうとしたが、全てを反芻《はんすう》する前に眠りに落ちていった。

小春の北京での生活が新しい段階に入った長い一日は、こうして終わった。だが、小春自身が今日の日が自分の人生において如何《いか》なる意味をもつ一日であったのかを知るのは、もう少し後のこととなる。

第6章 予期せぬトラブル

江国華《ジャン・グオホア》によるレッスンの初日。

穏やかに明けたかに見えたこの日、劉成《リュウ・チェン》と小春《シャオチュン》は朝から突然の騒動に見舞われた。

劉成は、小春ともども少年宮に行く準備を終えたところで浴池の従業員から二日分の宿泊費の清算を求められ、ちょうど帽子の隠しポケットから出したばかりの百元札を渡したのだが、これが偽札だったのだ。北京にやってきたばかりの劉成が知るところではなかったが、北京ではこのところ偽百元札が出回り問題となっていた。

最初は、これは何かの間違いでしょうと札の交換をやんわりと申し出た従業員も、劉成に渡された二枚目の百元札がまた偽札とあっては看過《かんか》するわけにもいかず、支配人に相談して警察に通報した。

全く身に覚えのない劉成は事態の思いがけぬ展開に混乱しつつも、浴池に現われた警官に懇願して小春を少年宮に行かせることだけはどうにか認めてもらい、自分はおとなしく派出所に連行された。

偽札の件は一体どういうことなのかわからないが、とにかく話せばわかってくれるだろう。だが、取り調べの過程で自分の旧悪が露見すれば身の破滅だ。小春を福利院から連れ出したことが明るみに出れば自分はまた服役だし、当の小春や西塘で二人の帰りを待つ来娣《ライディ》はどうなるのか、考えただけで恐ろしく劉成は身がすくんだ。

「これで有り金は全部なのか？　偽札は使い切ったというわけか？　おまえ、いい度胸してるな」

派出所で担当となった蔡《ツァイ》という警官は、劉成に全所持金を机の上に出させると、とりあえず威嚇してみたが、警官として経験を積んできた蔡は、目の前の男がとても主犯という柄ではないことは最初から見抜いていた。素朴な風貌の劉成は、偽札作りなどという複雑で高度な犯罪をやってのけるような類の組織に属している男には見えなかったのだ。せいぜいが使い走りの下っ端だろうと思いながら、蔡は劉成の身体を検査し、机の上に出された札をチェックした。現在出回って問題になっているのは偽百元札だが、劉成の所持金の中には押収した二枚を除けばもう怪しい百元札はなかった。そもそも少額紙幣がほとんどで、百元札自体の数は少ないのだ。蔡は、自分の見立ての正しさを確認すると調書を取り始めた。

「それで偽札は何枚持っていたんだ？」

「そんな……偽札が混じっていたなんて考えてもみなかったです。わしは南方で働いていて、今回は息子がバイオリンを習うんで北京に……」

「そんなことはどうでもいい。こちらが聞きたいのは偽札の出所だ」

「来る途中でも説明しましたが、わしは船頭を生業にしてまして、これは長年かかって苦労してこつこつと稼いできた金なんです。大金てわけでもないから銀行にも預けず、自分の家の箪笥《たんす》にずっとしまい込んできたんです。

それを息子と北京に来るんで持ってきただけなんです。その中にまさか偽札が混ざっていたなんて……」

蔡はさっきから劉成の使う言葉にひっかかりを感じていた。どう聞いても、この喋り方は北京人のものだ。言い分と喰い違う。

「南方で働いてると言ったたな。じゃあ、なんでおまえの訛《なま》りは北京のものなんだ？」

「……以前は北京に住んでいたんです」

「身分証を出せ」

劉成はこわごわ身分証を渡した。もし、この身分証から過去の犯歴を洗い出されたら破滅だ。

「劉成というのか。古い身分証だなあ。本当におまえのか？　ここに身分証番号を書いてみろ」

蔡の差し出したメモ用紙に、劉成は暗記している十五桁《けた》の自分の身分証番号を書いた。本当の番号を書くのは危険だったが、もしここで違った番号を書けば身分証偽造か何かの疑いで勾留されるに違いない。

蔡は劉成の書いた番号を身分証のものと照合し、一致しているのを確認した。

「この身分証、いったい何年前のだ？　なんで更新していない？」

「ずっと、地方にいたもので」

「戸籍はどうなってるんだ」

「ちゃんとあります」

蔡は劉成を放免する気になりつつあった。さっきからのやり取りで特に怪しむ点はない。こいつは、たまたま偽札を摑《つか》まされてしまっただけなのだろう。それが一枚だけなら通報もされずに終わっただろうに、運悪く二枚持っていたために通報された。ただそれだけのことだと蔡は判断し、話を変えた。

「息子が何をするんだって？」

「バイオリンを習うんです」

「何年ぐらいやらせてるんだ？」

「もう七、八年になります」

劉成は蔡の真意を探りながらおずおずと答えた。小春に関する質問は、場合によっては偽札に関する質問以上に危険だ。

「上達したのか?」

「はい、先生にも誉められてます」

「そうか、俺にも息子がいてな、アコーディオンを習わせてるんだが、これが何年やらせても一向に上達しないんだ」

劉成は胸を撫で下ろした。どうやら実質的な取り調べは終わったらしい。気が弛《ゆる》んだ彼は一挙に口数が増えた。

「親が焦っちゃ駄目ですよ。特に小さいうちは、子供は自分がなんで習わされているのかわからないんです。そのうち自覚ができて上達してきます。それまでは焦って口うるさくすると逆効果です」

容疑者として取り調べた相手に正論を説かれて鼻白んだ蔡は、そろそろ取り調べを終えることにした。証拠の偽札の没収に同意する書類に署名させ、現住所を聞いて劉成を解放した。

「もう帰っていい。ただし、何かあったらいつでも来てもらうからな」

劉成が疲労と解放感を抱いて派出所を出ると、そこには泣きそうな顔の小春が待っていた。

「父さん……」

日頃強気な小春が久しぶりに見せた弱々しい姿に、劉成は息子が如何《いか》に自分の身を案じていたかを感じ取り、思わず抱き締めてやりたくなった。だが、それはこの子のためにならまい。心を鬼にして劉成は息子を突き放した。

「なんで、此処《ここ》にいる？　なぜレッスンに行っていないんだ。おまえは何のために北京に来た？　なぜ北京に残ったんだ？　さあ、さっさとレッスンに行け！」

小春は涙をこらえて頷《うなず》き、素直に父の言葉に従った。

「父さん、レッスンに行きます」

小春は劉成に背を向けて全力で駆け出した。その後ろ姿に劉成は声をかけた。

「レッスンが終わったら門のところで待ってろよ！　迎えに行くからな」

大声をあげた劉成の目には涙が溜まっていた。

小春がレッスン室に駆け込むと、いつもと同じ服装の江国華がピアノに向かってゆで卵を食べていた。剝いた大量の皮がピアノの上に散っている。

「いい度胸じゃないか。初日から遅刻か。さあ、なんで遅刻したか言い訳してみろ」

そう言われても小春には答えられない。父が警察に連れていかれ、心配で出てくるのを待っていたからだなんて言えやしない。

黙り続ける小春を見て江国華が口を開いた。

「言い訳はなしか。いいだろう。俺は言い訳は嫌いだ」

江はゆで卵の最後の一片を口に放り込むと呑み下した。

「レッスンを始める」

江の言葉に小春はバイオリン・ケースを開けたが、江は小春を制した。

「まだいい。最初に規則を決めよう。第一則、バイオリンは真面目に弾くこと。いいかげんに弾くことは許さない。第二則、バイオリンは嬉しいときに弾け。悲しいときには弾くな。第三則、レッスンの前には必ず牛乳を飲むこと。牛乳は俺がとってやるから、父さんに牛乳代を出させろ」

「なんで牛乳を？」

「質問するな。俺に教えを受けるなら俺に従うんだ。さあ、バイオリンを出せ。練習曲以外には何が弾けるんだ？」

いよいよレッスンが始まろうとしたとき、教卓の上で目覚まし時計が耳障りな音を立てた。

「時間だな。続きは次回」

中途半端に終わったレッスンに対する不満も露《あら》わにレッスン室を出た小春だが、すぐに江が追いかけてきた。

「伝えるのを忘れてた。二ヵ月後にまた此処で全国コンクールがあって、この前と同じ連中が出場する。どうだ出るか?」

小春の目の色が変わった。一位を取るまで帰らないとは言ったものの、コンクールが終わった以上、どうやって一位を取ればいいのか自分でもわからなかった。それが今、二ヵ月後のコンクールという具体的な目標が得られたのだ。胸に闘志が燃え上がる。小春は力を込めて答えた。

「はい、出ます!」

「一位を取るんだよな。なら、しっかり練習しろ。以上だ」

江はそれだけ言うとレッスン室に戻っていった。

意気上がる小春が少年宮を出ると、門のところには劉成が待っており、その足元には二人の荷物が全て置かれていた。

「どうしたの?」

「引っ越しだ。あそこはゲンが悪いからな。それよりレッスンはどうだった。遅刻して叱られたか?」

小春は聞かされたばかりの二ヵ月後のコンクールのことを劉成に話し、劉成もこれで北京滞在にも目途《めど》がついたと喜んだ。学校の方も二ヵ月の休学ならギリギリなんとかなるだろう。次の電話で来娣《ライディ》にその辺の根回しを頼んでおこうと劉成は考えをめぐらせながら荷物を担ぎ上げた。

この急な引っ越しで、劉成と小春の運命は一つ難を逃れることとなった。

少年宮の門前で劉成と小春が立ち話をしていた頃、劉成が連行されていった派出所では朝から修理中だったコンピュータが復旧していた。そして蔡は本署のデータベースとのネット接続を確認するため、机上のメモ用紙に残されていた劉成の身分証番号を試しに入力してみた。蔡はモニター上に「手配犯に該当無し」という文字が浮かび上がるのを予想していたのだが、実際に表示されたのは劉成の顔写真にプロフィールと犯歴、そして福利院からの幼児誘拐により手配中という思いもよらぬデータであった。

蔡は慌てて、逃亡中の犯人を別件で取り調べたものの手違いで帰宅させてしまったことを所長に報告し、この件は劉成の行方を追っていた交道口派出所の王《ワン》にも連絡された。今は派出所長に出世した王は、すぐに劉成の現住所として登録された清香浴池に部下と共に向かった。

劉成の一件は、王の心の奥に刺さった棘《とげ》であった。長年の懸案にけりをつける日が来たかと、現場へ向かう車中で王の心は騒いだ。

一方、劉成は新しい宿泊可能な大衆浴池、相思雨洗浴中心を見つけて投宿したものの忘れ物に気づき、小春を残して単身清香浴池に戻った。だが、劉成が清香浴池で見つけたのは忘れ物ではなく、忘れもしない王の姿だった。さすがに多少老け、白髪が増えているが間違いない。

たとえ王の出現が偶然であり、彼の目的が自分でなくても、絶対に顔を合わすわけにはいかない。肝を冷やした劉成はすぐに逃げ出した。あと少しタイミングがずれていたら逮捕されたところだったと思うと、劉成の身体は悪い汗で濡れた。この北京に滞在するリスクの大きさを胸に刻んで、劉成は小春の待つ相思雨洗浴中心に戻った。

平静を装いながら小春の隣で寝椅子に腰かけ、額の汗を拭《ぬぐ》ったとき、劉成の心臓は再び飛び出しそうになった。額に触れた手の甲に、いつも被っている帽子の感触が伝わらなかったのだ。慌てて両手を頭にやってたしかめると、劉成は無帽であった。有り金の詰まった帽子を落とした。落としてしまった。劉成は絶望的な現実を前に蒼白《そうはく》となった。

「……なあ、小春。父さん、出かけるときに帽子を被っていたかな?」

「うん。被ってたよ」

事態の重大さをわかっていない小春は平然と答えた。劉成は必死で清香浴池との往復の道のりを思い出してみたがはっきりしない。やはり、予期しなかった王の姿に泡を喰って逃げ出した帰り道のどこかで落としたのだろう。自転車とぶつかって道に倒れたときかもしれないが確信はもてなかった。

「小春……帽子をなくしたようだ」

「お金は？」

「入れたままだ……」

「大変だ。探しに行かなくちゃ！」

「駄目だ。探しには行けない」

今、探しに出たら王やその部下の警官たちと出くわしかねない。それだけは絶対に避けねばならない。事情を知らない小春は探しに出ようと詰め寄ったが、劉成は黙って首を振り続けるしかなかった。

「ねえ、じゃあ、いっそ来娣おばさんに来てもらおうよ」

小春は自分が考えつく限り最も現実的な打開案を劉成に提案したが、劉成は即座に却下した。

「駄目だ。おまえは北京でバイオリンを習うんだ。先生もみつかった。そこに彼女が来たらどうなる。住む所はどうする？　われわれだけなら此処でもいい。でも、彼女が来たらそうはいかないだろ」

「じゃあ、帰るの？　お金がなくちゃ、もうこれ以上北京にはいられないじゃないか」

「なんとかする。だから……」

劉成の言葉の途中で外からパトカーのサイレンが聞こえ、彼はたちまち縮み上がったが、すぐにパトカーは遠ざかり、室内には息苦しい静寂が戻ってきた。

「とにかく、今夜はもう寝なさい。明日もレッスンは早いんだろ。金のことは父さんがなんとかするから。おまえは心配しなくていい」

父親にそうまで言われては、小春も従わないわけにはいかなかった。

この日、父子は不安なまま眠りについたが、秋の北京の長い夜は二人を包み込み一時の平安を与えた。明日はまた新しい一日なのだ。

第7章

悲しみの重なる夜

翌朝、疲労の色濃い劉成《リュウ・チェン》はなかなか眠りから覚めず、レッスンに出かける小春《シャオチュン》に起こされた。

「父さん、このお金使って」

小春は出がけに幾ばくかの札束を劉成に手渡した。少額紙幣がほとんどのその札束は、小春が貯めてきた小遣いに、莉莉《リーリー》と阿輝《アフェイ》から貰《もら》った札を足したものだった。小春は少年宮までの交通費など当面必要になりかねない最小限の額だけを手元に残し、残りを劉成に渡した。

寝起きでぼんやりしていた劉成はあっさり札束を受け取ったが、小春が出かけた後、渡された金の重さを思い、昨夜の失態を思い、自分の不甲斐なさを恥じた。

(俺は何をしているんだ。北京に戻ってから失敗ばかりじゃないか。小春の足を引っぱってどうする)

劉成は起き上がり身支度を整えた。ともかく街へ出よう。警察の目は怖いが、此処《ここ》に籠もっているわけにはいかない。とにかく何かをして稼がねばなるまい。

劉成が伝手《つて》もないまま職探しに出かけた頃、莉莉は上機嫌で目覚めた。今日は九月二十七日。あの鐘阿輝《ジョン・アフェイ》の誕生日だ。首尾よくカウンセリングのアポを取って部屋に呼び、サプライズ・パーティーをしかけよう。きっと喜んでくれるはずだ。昨日寝る前に彼の留守番電話にメッセージを入れておいたから、そのうち電話があるはずだ。莉莉は起き上がると美容液入りのマスクでパックしながら、パーティーの趣向を練った。

ロマンチックな演出にキャンドルは欠かせないな、後で買ってこよう。料理はどうしようかな。これも何処かで買ってくるか。あたし、料理できないもんな。そうそうケーキは欠かせない。あとは音楽か……ああ、ちょうどいい子がいるじゃない。CDよりも絶対生演奏よ。捉まえてこなくちゃ。きっとその辺を歩いてるわ。それから、それから……。

突然響く携帯の着信音が莉莉を現実に引き戻した。電話は阿輝からで、莉莉はよそゆきの声で電話に出た。何処かざわついた場所からの電話だったが、阿輝は落ち着いた様子だった。莉莉は強引に話を運び、なんとか夜八時のアポを取り付けた。

莉莉が自宅で喝采を叫んでいた頃、小春は江国華《ジャン・グオホア》の自宅に向かっていた。レッスン室の扉に、自宅に来いという江のメモが貼られていたのだ。

だが、小春が職員住宅の門をくぐると、江は隣に住む声楽科の女性教師と中庭で大喧嘩を繰り広げていた。やれ江の飼い猫が洗濯物を汚した、やれ飼い猫が女に蹴られたがこれは動物虐待だと双方は主張し、まさに口喧嘩から取っ組み合いに入りかけていた。

小春は慌てて割って入ると旗色の悪い江を庇《かば》いながら、女性教師に謝った。

「洗濯物は、ぼくが洗い直しますから」

生徒の介入できまりの悪くなった女性教師は、捨て台詞《せりふ》を残して自宅に引っ込んだ。

「子供にも劣る。それでも教師かい」

思わぬ援軍の登場で負け戦を免れた江国華は上機嫌で小春を自宅に招き入れ、冷蔵庫から牛乳を出して与えた。

「まず、これを飲め」

そして江は四匹の飼い猫に餌をやり始めた。まるで猫屋敷だと思いながら、小春は江と猫のやりとりを観察した。猫は黄《ホアン》だの黒《ヘイ》だのと毛色に合わせた名前が付けられているようだ。命名はいいかげんだが、江は猫たちを可愛がっており、人間に接しているときよりも優しく見えた。

「そうだ、おまえも猫の餌作りを覚えろ。黄は年寄り猫だから魚は細かくするんだ。歯が悪いから、骨は全部取ってやれよ。それから腎臓も弱ってるから塩分は控えめにな」

江の言葉にうんざりしながら小春は、運弓法の練習を始めた。このままじゃ、猫の飼育係にされてしまいそうだ。

「おい、弓先はもっと駒《ブリッジ》に寄せるんだ。それじゃ音が硬くなる」

江は着替えながら指摘したが、靴下が見当たらない。ベッドの下に猫が隠したと睨《にら》んだ江は小春に探すのを命じた。バイオリンを置いて、ガラクタが散乱する江のベッドの下を覗《のぞ》き込んだ小春はすぐに靴下を見つけたが、同時に古い写真を発見した。江らしき少年が年配の男性と並んで写っている。これはきっと大事な物に違いない。小春は写真に着いた埃《ほこり》を手で拭《ぬぐ》い、靴下と一緒に江に渡した。

靴下は喜んで受け取った江だったが、写真を見ると顔色が変わった。小春の手からひったくると丸めて床に投げ捨て、怒鳴り声をあげた。

「余計なことをするんじゃない！　おまえは俺に言われたことだけしてればいいんだ！」

理不尽な江の態度に小春は腹が立ち、バイオリンをケースにしまった。こんなのレッスンじゃない。ぼくはバイオリンを練習したいのだ。断じて猫や江の身の回りの世話をするために此処に通ってきてるんじゃない。小春は挨拶もせず江の家を出た。

もやもやした気持ちで少年宮を後にした小春がしばらく街をぶらついていると、絶好の気分転換が向こうからやってきた。莉莉の赤いスポーツカーだ。運転席から莉莉が顔を出す。

「ね、暇？　暇ならウチに来ない？」

「なんで？」

「いろいろ聞かないの。美味しいものがあるわよ。来る？　来ない？」

元より小春にはこの後の予定はなかったたし、〈お姉さん〉につきあうのは刺激的だったから、彼は笑顔で頷《うなず》き、助手席に乗り込んだ。


莉莉の部屋に入った小春は驚いた。一昨日とは随分様子が変わっていたのだ。室内には大量の風船が浮かび、ビニール袋に入った金魚があちこちに吊り下げられている。

「これ、どうしたの？」

「今夜は阿輝のバースディ・パーティーなのよ。あなたも招待するわ。どう？」

「面白そうだね。でも、料理は何処？」

小春は改めて飾り付けられた室内を見渡した。まるで遊園地だ。莉莉もとても幸福そうに微笑んでいる。つられて小春も笑った。さっきからの沈んだ気分は完全に何処かへ行ってしまった。

莉莉は小春を手招きすると冷蔵庫を開けて、詰め込んだ料理と食材を見せた。

「フルーツ・サラダでしょ、これはドレッシング。こっちはワインね。あなたは駄目だけど」

「ケーキはないの？」

「ちゃんと頼んであるわ。後で届く。それから魚ね。買ったときは生きてたのよ。今は死んでるけどね。ね、ひょっとしてあなた、料理できたりしないかな？　わたし料理は駄目なんだ」

「魚料理なんて簡単だよ。でもさ、その年で、しかも女で、料理できないなんてあり？恥ずかしいなあ」

小春に毒舌を吐かれても、今日の莉莉は上機嫌を崩さない。それどころか演奏をさせようと思って連れてきたら、料理までできるとは。莉莉は自分の幸運に感謝した。

「覚えておきなさい。世の中には料理のできない大人の女もいるの。じゃ、任せていいわね？」

「うん。邪魔しないでね」

小春は張り切って包丁を取った。料理ができないと自称するだけあって、莉莉の部屋の台所には必要最小限の道具と調味料しか揃えられていなかったが、幼いときから父と台所に立ってきた小春には、限られた条件で調理を工夫する才が備わっていた。それに材料の魚が活きがいいのだから、きちんと捌《さば》いたら素直に蒸すなり揚げるなり炒めるなりして、あとは調味料の力をちょっと借りればいい。何の問題もない。

小春が包丁をふるって下ごしらえを進める脇で、莉莉はテーブルのセッティングを終えた。きちんとテーブルクロスを敷き、食器を並べると部屋は一挙に華やいだ。

手が空いた莉莉は、最大の難事業に移った。この特別な晩に相応《ふさわ》しい服装は何か？　阿輝をもてなす女主人はどんな服を着ているべきか？　彼女は膨大なワードローブの数々をチェックし、ブランド物でそれらしいドレッシーなコーディネイトを試みるのだが、きまって小春がダメを出す。

「まるで外国映画に出てくる悪女みたいな格好だね」

ならばとお気に入りのチャイナ・ドレスを着てみれば、また小憎らしい言葉が返ってくる。

「今度は中国映画の悪女に見える」

「きみは随分と映画に詳しいのね。じゃ、どんなのがいいっていうの？」

嫌味をあっさり聞き流した小春が選んだのは、買ったままでまだ袖《そで》を通していないギャザーブラウスと赤いスカーフだった。試しに着てみると、小春は親指を上げて絶賛のサインを出した。鏡に映してみると意外にまんざらでもなかったので、莉莉は小春の提案を受け入れることにした。

「ま、今夜は言うことをきくか」

衣裳も決まり、料理も仕上がってパーティーの準備が整ったところでケーキが届いた。莉莉はケーキをテーブルに置いて、期待に目を輝かす小春の前でもったいぶった手つきで蓋を開けた。巨大なケーキが現われる。

「ねえ、このケーキ、冷気が流れてくるけど、何のケーキなの？」

「田舎者ね、これはアイスケーキ。わかる？　アイスクリームでできたケーキなの。さ、一度しまうわよ」

莉莉は自慢げに答え、ケーキを冷凍庫にしまった。

莉莉と小春が忙しく動きまわっていた頃、阿輝は一仕事終え、ホテルの控え室で寛《くつろ》いでいた。今日の仕事は、このホテルでの披露宴の司会が二件だ。とりあえず昼の部は無難に終えた。どうせ話す内容は同じだが、夜の部は少しテンションを上げてやってみるかと阿輝はプランを練った。昼の部では使えなかった感動的な老母の話を披露して出席者の涙を搾り取ってやるのも悪くない。たしか新婦は母親の手で育てられた娘だ。この話がぴったりだろう。

阿輝は紫煙を燻《くゆ》らせながら考えた。夜の部は少し長引くものだが、その後の予定は莉莉のカウンセリングだけだ。少し遅れてもかまうまい。さっきの電話口での馴れ馴れしい口調からして、あの女はもう〈特別なお友だち〉気分のようだ。あれなら多少の遅刻ぐらい許してくれるだろう。かなり遅れたとしても、口先でフォローしておけばいい。

阿輝は小春に「本業は詩人」と言ったが、これは嘘ではなかった。ただ、このところ本業は開店休業の状態ではある。しかし、かつて詩の朗読会で培った話術、言葉を選ぶセンスは、現在の彼の生活の大半を占める商業的環境においても充分に使用され、阿輝に他の司会者とは違う個性、カリスマ性を与えていた。

好調なときの阿輝は、宴席を指揮者のようにコントロールし、カタルシスへと運ぶ。その舌先からとめどなく流れ出す耳触りのいい美辞麗句は出席者を酔わし、高揚させ、時に感涙を流させもする。かつて高踏的な表現のために捧げられていた彼の言語能力は、卑俗な用途においても極めて有効であった。

ホテルマンが会場入りを促しに現われると、阿輝はアドレナリンが体内で分泌され始めるのを感じた。

（さあ、また大衆を操ってやるか）

自信に満ちた顔つきで阿輝は控え室を後にした。

莉莉の部屋では壁の鳩時計が約束の八時を打ったが阿輝は現われない。莉莉は時間潰しに小春を相手に雑談を始めた。考えてみれば互いのことをほとんど知らなかったのだ。

「あんたは引っ越してきたばかりなの？」

「家は北京じゃないんだ」

「そう、地方の出身なんだ」

「父さんは北京人だけどね。ぼくも生まれたのは北京らしいけど、小さかったから何も覚えてない。今度は、ぼくがコンクールに出るんで北京に来たんだよ」

小春は前から気になっていたことを思い切って口に出した。

「ね、お姉さんの仕事は何なの？」

「当ててごらん」

「うーん、わかんない。でも、金持ちだよね」

「そうね。仕事はね、モデルなの。雑誌の表紙やいろんな広告に出るのよ」

小春は納得した。モデルは莉莉に如何《いか》にも相応しい職業に思えたのだ。

「でもね、夢は別にあるの。資金を貯めたら、将来はレストランを経営したいの。もう屋号は考えてあるのよ。『富春江南』。どう？　上海料理の専門店にするの」

「そうなんだ。いいね。そうだ、父さんを雇ってくれない？　父さんは料理上手で、宴会があると決まって厨房を任されるんだよ」

「いいわよ、もちろんよ」

小春は嬉しくなってきた。これまで〈謎のお姉さん〉だった莉莉が、血の通った存在に感じられ、身近に思えるようになってきたのだ。だが、話が途切れるとどうしても空腹の方に神経がいき、どうにも我慢できなくなってきた。

「お姉さん、お腹が空いたよ。電話してみない？　道が混んでて遅れてるのかもしれない」

「まったく、男って皆……」

携帯電話を取り出した莉莉は、ちょっと考えて小春に手渡した。

「あんたがかけてよ。わたしが怒ってるって伝えて」

莉莉は、短気な自分が直接話すと今夜を台無しにしかねないと危惧したのだ。だが、小春がかけた阿輝の携帯電話は繋がらなかった。

その頃、阿輝が司会する披露宴はまさに最高潮に達していた。阿輝が披露したとっておきの感動的なエピソード、「或る老母の話」を枕に、新婦を女手一つで育て上げた母親が会場中央に進み出て列席者から万雷の拍手を浴びる。弦楽四重奏団の生演奏が雰囲気を盛り上げ、花嫁は感謝の涙を流し、新郎や近親者たちは貰《もら》い泣きを始める。この式の流れを握るのが阿輝の発する言葉だ。彼は自分の発する言葉に酔った。この広い会場に詰めかけた男女が皆、一人残らず俺の言葉に動かされている。そう思うと痺《しび》れるような快感が背筋を走った。


携帯電話が繋がらなかったことをきっかけに、ようやく食事を始めることにした莉莉ではあったが、小春にケーキをねだられると心が揺れた。

「小春、お願い。ケーキはもう少し待って。バースディ・ケーキなんだから。ね？」

莉莉の心がわかった小春は、自分がするべきことを悟った。

「お姉さん、何か弾くよ」

音楽の力で傷つきかけている莉莉の心を癒《いや》そうと思い、小春はバイオリンを取った。莉莉の部屋に、優しいマスネの『タイスの瞑想曲』の調べが流れ出した。


予想通り長引いた披露宴も終わり、阿輝はホテルを出ようとしていた。回転ドアを抜け、彼の洒落たデザインのスーツを夜気が包んだ瞬間、携帯電話が着信音を奏でた。阿輝は、てっきり莉莉からの催促かクレームだろうと思って相手を確認することなく通話ボタンを押したが、相手は予想外の人物だった。

「やあ、桃楽絲《タオ・ラースー》。久しぶりだね」

阿輝が電話に出ると、車寄せの向こうに駐車していたベンツのヘッドライトが灯《とも》り彼を照らした。目を凝らして見ると、運転席で携帯電話片手の桃楽絲が笑っている。クルマはすぐに寄ってきた。

「なぜ、此処にいるとわかった?」

「あなたは、いつだってこの辺りにいるじゃない。乗って」

「約束があるんだ」

「誰とよ?」

「尹莉莉《イン・リーリー》さ」

「まあっ。もう会ったの? それとも今日が最初なの?」

「二日前に会ったよ」

「そう……。乗って。わかってるわね、私の用はいつでも急用。大至急なのよ。割り込ませてもらう。特急料金は出すわ」

阿輝が強引な桃楽絲の申し出に折れてベンツの助手席に乗り込むと、彼の携帯電話にメールが届いた。メールは莉莉からのものだった。これは苦情のメールだろうと覚悟して阿輝はメールを読んだが、予想外の文面は短く単純なものだった。「誕生日おめでとう　莉莉」。ただそれだけが液晶画面に表示されていた。阿輝の胸は微《かす》かに痛んだが、ベンツは既に莉莉の部屋とは異なる方向に向けて走り出していた。

阿輝が桃楽絲のベンツに乗り込んだ頃、劉成が重い足取りで相思雨洗浴中心に戻ってきた。一日あれやこれや職探しを試みてはみたものの、伝手《つて》のない劉成に適当な職がみつかるわけもなく、彼の一日は徒労に終わろうとしていた。

劉成はなんとか僅《わず》かな元気を振り絞って笑顔を作り、先に帰っているはずの小春の姿を探したが、息子は何処にもいない。受付の女将に聞いても帰っていないという。受付に置かれたテレビはニュースの時間で、ちょうどアナウンサーが児童誘拐の増加を伝えていた。急に不安になった劉成は、小春を探しにそのまま疲れた足を引きずって再び浴池を出た。

胡同を歩くうち、風に乗ってバイオリンの音が聞こえてきた。この辺りでバイオリンを弾くのは小春ぐらいだ。音は清香浴池の方から聞こえてくる。昨日の今日で、できれば足を向けたくない方角ではあったが、劉成は腹を括《くく》って慎重に歩き出した。

バイオリンはとあるアパートから聞こえてくるようであった。北京に来て日の浅い小春が、どうやって他人のアパートの中に練習場所をみつけたのか、劉成には見当もつかなかったが、音はたしかにアパート、それも上の階から聞こえてくる。劉成はアパートの玄関をくぐり、階段をゆっくりと上がっていった。バイオリンが聞こえてくるのは二階の突き当たりの部屋のようだ。

劉成は、その部屋の前に立つとためらいがちにノックした。もし、人違いであれば謝って退去すればいい。

ドアの向こうではバイオリンの演奏がやみ、聞き取れないぐらい低い囁《ささや》き声の会話が二言三言交わされた。そしてドアは、誰何《すいか》の声もなくいきなり開け放たれた。

劉成は何が起こっているのか、一瞬わからなかった。室内は真っ暗で、その中からローソクが点火された巨大なケーキが突き出され、能天気な男女の声が「ハッピー・バースディ」と歌っている。

すぐに明かりが灯ったので室内に目をやれば、ケーキを抱えた若い女の背後に立つのは小春であった。

「……あんた、誰?」

ケーキを持った女が尋ねてきたが、劉成はかまわず室内に入った。

「ちょ、ちょっと勝手に入ってこないでよ」

「父さん……」

小春の言葉で劉成が何者であるかを理解した莉莉はケーキをテーブルに下ろし、険しい表情で立つ劉成に向き直った。

「なんで、息子が此処にいるんだ?」

劉成の詰問《きつもん》調の問いかけに莉莉は機嫌を損ねた。ようやく阿輝が来たと思ったのに……。うんざり顔の莉莉に、劉成は質問を続けた。

「あんたは何者だ? 息子との関係は?」

「息子に訊けば」

莉莉は素っ気なく応えたが、劉成の表情がそれでは済まなさそうに見えたので言葉を続けた。

「あんたの息子とは友だちよ」

「友だちだって、え、いったい何時知り合ったと言うんだ。嘘つきめ! われわれは北京へ来てまだ数日だぞ。どこで知り合えたというんだ。息子をこんなところに連れ込んで何をする気だ」

「部屋に呼んだらおかしいの?」

「当然だろ!」

「父さん、やめてよ」

二人の険悪な雰囲気に堪《たま》りかねて小春は声をあげたが、派手な化粧と出《い》で立ちの莉莉を一目見ただけでまともな職業の女ではあるまいと決め付けた劉成の勢いは止まらなかった。

「まったくひどいもんだな。ウチの息子は真面目な子供なのに、それをあんたみたいな女が勝手に」

「もういいわ！　わたし気分が悪いの。出ていって。出ていかないんなら警察を呼ぶわよ」

莉莉が携帯電話に手を伸ばしたので劉成は退散することにした。とにかく警察を呼ばれるのはまずい。

劉成が身を翻すと、莉莉は小春も追い出した。

「あんたも帰りなさい」


莉莉の部屋からの帰り道、劉成は莉莉から聞き出せなかったことを小春に尋ねた。

「小春、あの女は何者だ？　答えてくれ。おまえはどうしてあそこに居たんだ？　どんな仕事をしてる女なんだ？　とてもまともな女には見えないぞ」

小春は怒りと悲しみの混ざった表情で劉成をみつめた。

「父さんは、いつもそうだ。何も知らないのにあんな態度をとって……」

息子の真摯な言葉と態度に劉成は胸を衝《つ》かれた。たしかに挨拶もせずに乗り込んで、無礼な態度をとった。気の短いのは治ったと思っていたが、まだまだだ。反省した劉成は話を変えた。

「わかった。この話はやめよう。帰ったらおまえがいなかったもので……焦ったんだ。な、小春、腹は減らないか」

だが、小春は劉成を残して相思雨洗浴中心へ向けて走り去った。

朝のレッスンでの失望を莉莉の部屋でのパーティーで取り戻そうとしたのに、これじゃふりだしに戻ったのと同じだ。寝椅子に横になった小春は、心配そうに見守る劉成に背を向け、今日一日の失意とじりじり身を灼く怒りに身を任せながら不貞寝《ふてね》した。

ひとしきり眠ったところで小春は突然目が覚めた。寝ぼけた目で向かい側の寝椅子を見ると劉成がいない。起き上がって反対側の寝椅子も確認したが、こちらにも劉成の姿はない。不安にかられて小春は起き上がり、浴池の中を劉成を求めて歩き回った。

明かりの灯《とも》った浴室の方から人の声がする。そっと中を覗くと、浴槽の脇に設《しつら》えられた垢《あか》すり用の寝台に太った男が横たわり、垢すりの男に注文をつけているのだった。そして、文句を言われている垢すりの男は劉成だった。浴池の女将が、職がなければ垢すりをやればいいと声をかけてくれ、劉成も幾らかにでもなればと引き受けたのだ。

痩せた上半身を剝き出しにして、太った男の身体を懸命に擦《こす》る劉成の姿を見て、小春は胸が痛んだ。こんなに一生懸命働いてくれる父さんに、自分はさっきどんな態度で接したことか……。小春はいつの日にか恩を返すことを改めて誓った。

第８章

絡み合う人間模様

翌朝、小春《シャオチュン》は気力を振り絞って江国華《ジャン・グオホア》の元へ向かった。

昨日の諍《いさか》いを思い出すと足は重くなるが、自分のために深夜まで垢すりに励んで小銭を稼いでいる劉成《リュウ・チェン》のことを思えば、自分の感情でレッスンをさぼることなど考えられなかった。一日も早くバイオリンの腕を認められ、父に報いること。それだけが小春の望みであり、江のレッスンを受けることは、そのために不可欠な第一歩なのだ。ここで挫《くじ》けるわけにはいかない。小春は自分にそう言い聞かせながら、少年宮職員住宅の門をくぐった。

江は猫たちに餌をやっているところだったが、小春の姿を認めると立ち上がりコップに牛乳を注いで差し出した。

「さ、これを飲め。飲んだらレッスンを始める」

江の表情には昨日のわだかまりはなく、小春はコップを受け取りながらホッとした。だが、牛乳代を払っていない自分がこれを受け取っては施しを受けたことになる。小春は、江がレッスンの準備をしている隙に、牛乳を猫の皿に注いでやった。だが、江は目ざとく猫が牛乳を舐めているのに気づいた。

「俺に逆らう気か?」

「だって、牛乳代を払ってないから……」

「牛乳代なんてどうでもいい。俺がおまえに飲ませるんだ」

江国華は小春の骨細な体形が、初対面のときから気がかりだった。まだ成長期で今後の成長が見込めるとはいえ、ここできちんと身体を作っておかないと将来に差し支えるだろう。バイオリン奏者として大成するにはしっかりとした骨格が必要であり、骨を成長させるには牛乳を飲むのが一番だ。そう考えた江はレッスン前に牛乳を飲ますようにしたのだが、その意味をこの生意気な新弟子は全く理解していない。いや、それどころか刃向かってくる。

「施しは受けたくないんだ」

「何をカッコつけてる。おまえはこの猫たちと同じ立場なんだぞ。俺が面倒みてやってるんだ。黙って俺の言うことをきけ」

師と弟子の心がすれ違い、険悪な雰囲気が辺りに漂いだしたところで職員住宅の管理人が江を呼びに来た。

「江先生、電話です」

「俺に電話だって? 珍しいことがあるな」

江が事務所に行って電話をとると、かけてきたのは日頃つきあいのない弟の江国賓《ジャン・グオビン》だった。数分で着くから外出しないで待っていてほしい、どうしても伝えたい用があるという。

弟の言う〈用〉の内容は見当がつかなかったが、江国華はとりあえず職員住宅の門で待つことにした。煙草を一本吹かすうちに一台のフォルクスワーゲンが現われ、停車すると携帯電話を使いながら流行りのスーツを着込んだ男が降りてきた。江国賓だ。久しぶりに見る弟はどんな仕事をしているのか知りもしないが、如何にも羽振りが良さそうだった。江国華は自分とは対照的な身なりの弟を見つめながら、煙草の煙を吐き出した。

携帯電話での商談を煩わしそうに打ち切った弟は、兄に向き合うと何の前置きもなしに本題に入った。

「兄さん、父さんが危篤なんだ。病院に来てくれ」

「俺は行かん」

江は煙草を投げ捨てると、顔色一つ変えずに答えた。だが、弟は全くひるまない。

「そう言うと思ったよ。だから電話で話さずに、こうやって直に話しに来たんだ。兄さん、父さんが会いたがってるんだよ」

「本人がそう言ったのか?」

「ああ、そうなんだ。だから、来て」

弟が江国華に詰め寄ったとき携帯電話が鳴ったが、彼は後にしてくれとだけ言って電話を切った。

「兄さん、実の父親のことなんだよ、いくらなんでも顔も見ないで死なせるわけにはいかないじゃないか。もちろん、兄さんの父さんに対する感情はわかるよ。ぼくだって父さんに言いたいことは一つや二つじゃない。でもさ、われわれは家族じゃないか。

ぼくは少なくとも父さんの面倒はみてきた。今も毎日病院に顔を出してる。なのに兄さんは一切無視なのかい？」

「毎日病院に行ってるだって？　嘘つくんじゃない」

江国華が口を開くのと同時に、また弟の携帯電話が鳴った。

「これだけ電話がかかってくる忙しい身なのに、毎日見舞いに行ってる？　そんな時間よくあるな。ともかく俺は行かないよ」

「いいかい、父さんは入院中で危篤状態なんだぞ。それなのに父さんから謝罪に来なければ和解しないっていうのか？」

「もう何も言うな。聞きたくない。見舞いに行かないのには理由があるんだ。行けないんだよ！」

江国華が立ち去ろうとする素振りを見せたため、弟は腕を摑《つか》んで引き止めた。

「兄さん、今日ははっきりさせよう。これまで父さんの生活費を出し、入院費も出してきたのはぼくだ。あんたは一銭も出してない。この件では女房と随分もめたよ。なんでウチばっかりが負担するのって。でも今日まであんたを庇《かば》ってきたんだ。なのに、その言い草は何だよ。え?」

長年の想いの詰まった言葉をぶつけられた江国華は咄嗟《とっさ》に言葉が返せず、代わりに弟の胸倉をつかんだ。

「なんだって、もう一度言ってみろ」

「本当のことを言われたら暴力で返すのかい。やるか?」

取っ組み合いが始まろうとしたとき、不穏な空気を感じて出てきた管理人が間に入って二人を引き離した。

「やめなさい! どっちも落ち着いて」

弟は乱れた身なりを整えると傍《かたわ》らの江国華を睨《にら》みつけた。

「今の自分の服装《なり》を見てみろよ。なんてザマだ。兄さんは、上手くいかないことを全部父さんのせいにして生きてきた。たしかに、父さんの兄さんへの接し方は良くなかっただろうさ。殴りつけてるところはぼくも見たよ。でも、それだけじゃなかったろ。兄さんは可愛がられてもいた。忘れたわけじゃないだろ? 兄さんは神童で、芸術家で、わが家の誇りだった……。

……ぼくを見ろよ。ぼくは何でもなかった。神童でもなけりゃ芸術家でもない。家の誇りだなんて言われたことは一度もない。何をしても気にかけられない。期待もされない。

ただの次男だ。兄さんのおまけだったんだ。ずっと……」

一言も言い返せない兄に対し、これまで腹の中に抱え込んでいた感情をすっかり吐き出した弟は、踵《きびす》を返してクルマに戻った。

「最後にもう一度だけ言っとく。父さんは危篤だ。医者はあと二日の命と言ってる。顔を出すのも出さないのも兄さんの勝手だ。じゃあな」

弟のフォルクスワーゲンが去っていくのを無言で見送った江国華が振り向くと、そこには小春が立ち尽くしていた。バツの悪さに江はすぐに自宅へと戻ったが、小春は目撃してしまった江と弟のやりとりに心を痛めていた。兄弟というものをもたない小春には江と弟の距離感はわからなかったが、江と父親との確執が兄弟の仲をも損なっていること、その父親との関係も複雑なものであったことはわかった。それまでただの教師であり、変人の類としか見えていなかった江国華が急に生身の人間、立体的な存在として小春の目に映るようになった。

小春が江国華の部屋に戻ると、江はベッドに座り憂い顔で煙草を吹かしていた。

「なあ、俺はどんな人間に見える?」

小春は、江の発した声の弱々しさに驚き、彼が先程の弟とのやりとりで傷つき、動揺しているのを感じ取った。そして、傷心の莉莉《リーリー》に対して阿輝《アフェイ》がとった態度を思い出した。あの晩、阿輝は莉莉を不安定な精神状態から見事に立ち直らせた。今の自分も阿輝のように上手く振る舞えたら、この自分の目の前で弱味をさらけ出している無防備な男を救えるかもしれない。小春はそんなふうに考え、阿輝を真似てわざともったいぶった態度で江の質問に答えた。

「……その質問に答えるには、まずよく見ないとね。そうだな、見た目は……服は着たきり。汚れても洗おうとしない。身体も臭い。そこの猫たちの方が清潔だ。煙草の匂いも染み付いてるしね。正直に言うと先生と話をするときは、ぼくは息をしないようにしてるんだ」

小春がわざと挑発的な言い方をしても江国華は俯《うつむ》いて煙草を燻《くゆ》らすだけだった。

「他には？」

「そうだね。短気ですぐ怒る。凄んでみせる割りに気は小さい。隣のおばさんと喧嘩したときだって、大きな声を出していたけど、本当はおばさんのことを怖がっていた。認めるよね？」

小春は江の様子を窺《うかが》いながら話を進めた。いつもなら怒り出すような指摘も静かに聞いている。そんな江の様子から、まだ大丈夫と判断した小春は話を続けた。

「いつも人を見下すような態度をとっているけど、それは自分が見下されるのが怖いからだ。昔は神童と呼ばれるほど才能があったんだよね。でもね、あなたは自信がなかった。弱い人間なんだ。ぼくより年長なんだから、失敗も挫折も当然あったでしょう。苦しいなら話してごらんよ。ぼくに話すのが嫌だったら、いい人を紹介してあげる。お金はかかるけど、とても聞き上手なんだ」

小春が話を進める間に江の様子は変わっていた。目頭を押さえ、小さく震えている。小春の言葉に痛いところを衝《つ》かれたのだ。認めたくない事実を抉《えぐ》り出されたのだ。そんな江の反応に慌てた小春は、洗面器の傍らにかけてあったタオルを取ってやった。

「先生、……お父さんに会うべきだよ」

小春の言葉に黙ってタオルを受け取った江の態度が豹変した。怒りに燃えて立ち上がった江国華は小春に命じた。

「このクソ生意気なガキが、余計なことを……とっとと帰れ！」

小春は自分が不注意に江の逆鱗に触れてしまったことを知った。こうなったら言うことを聞くしかない。やはり自分は阿輝ほどには上手くは振る舞えないんだと失望しながら江の家を出た。するとポケベルが鳴った。阿輝の呼び出しだ。早速管理人のところで電話を借りて連絡すると、電話から阿輝の落ち着いた声が聞こえてきた。

「仕事の準備を始めよう。オーバーシーズ・チャイニーズ・ホテル、華僑飯店の入口で待ってるからすぐ来るんだ。華僑飯店わかるか？　東直門駅の近く、南館公園の傍《そば》だ。わからなかったらタクシーで来い。料金は払ってやるから」

先刻の失敗で阿輝への尊敬の念を強めていた小春は、彼に言われるままにホテルへ駆けつけた。

ホテルの入口で小春を待っていた阿輝はリラックスした様子だった。服装も白いボタンダウンのシャツにベージュのチノクロスのパンツという地味なもので、サングラスとハンチング帽こそ個性的だったが、以前の仕事のときの周囲を威圧するような出《い》で立ちとはまるで違っていた。顔にも微笑が浮かんでいる。

「大口の仕事が入りそうなんだ。仕事を取るためには格好も大事だから、今日はおまえのスタイルをなんとかしよう」

阿輝はそう言うと小春をショッピング・モールに連れていった。磨きぬかれた大理石の床、煌《きらめ》く照明、巨大な吹き抜け、美しくディスプレイされたショーウインドウに並ぶ大量の商品、そこには小春が体験したことのない豊かな生活が溢れていた。

阿輝は小春をまず行きつけのヘア・サロンに連れていき、なじみの美容師に頼んで垢《あか》抜けたヘア・スタイルに仕上げてもらった。

続いてはブティック。さまざまな服を試着した結果、小春に似合うスタイルはトラッドであることがわかった。紺のジャケットにストライプのタイを合わせると、小春の品のいい顔立ちによく似合った。阿輝は、これならさぞやバイオリンも映えることだろうと購入を決め、支払いを済ませると今度は外国人客の目立つカフェに小春を連れていった。

物慣れた様子で席に座り、自分にブルー・マウンテン、小春にオレンジ・ジュースを注文すると阿輝は満足そうに、すっかり都会的な装いになった小春を眺めた。

「これでもう、誰もおまえのことを田舎者だと思わないな」

「ずいぶんとお金をつかっちゃったね」

「気にするな。今後の稼ぎの中から返してもらうからな。さて、次は名前だな。劉小春じゃ、今どきやってられん。英語名がいいな。俺が付けてやろう。……チャールズ？　違うな。アレキサンダーだと俺のことだし……トニー、うん、トニー・リュウでどうだ？」

「ト……」

「トニー・リュウだ」

「トニー・リュウ……」

「そうだ。気に入ったか？」

小春は嬉しそうに頷《うなず》いた。何か新しい自分を手に入れたような、一歩大人に近づいたような気がしたのだ。阿輝は自分を輝かしい世界に連れていってくれる水先案内人とも思えた。しかし、小春には阿輝にどうしても訊いておかねばならないことがあった。胸のつかえがあった。

「ねえ、おじさん」

「ん、今なんて呼んだ？」

「……おじさん」

「おじさんだって！　俺はそんなに年寄りか？」

「ううん。でもそれじゃ、なんて呼べばいいの」

「輝《フェイ》兄さんだ。俺を兄貴分だと思え。なに、今後はパートナーなんだ。遠慮するな」

「うん、わかった。それで輝兄さん、夕べのことなんだけど、なんでお姉さんの部屋に来なかったの？」

「お姉さんて……莉莉のことか？　そうかトニーも待ってたのか。夕べはあいにくと急用ができてしまってな。でも心配するな、莉莉には謝っておいたから」

阿輝の言葉はその場限りのものだったが、彼のことを尊敬し信用している小春は額面通りに受け取った。そして、安心したところにウェイターがコーヒーとジュースを運んできたので、小春は喜んでジュースの入ったカップを抱えて口に運んだ。オレンジ・ジュースの爽やかな風味が口中に広がり、渇いた喉を潤した。しかし、そんな小春の様子に阿輝は眉をひそめた。

「おい、その持ち方はなんだ。カップを下ろせ。まるで茶碗でお茶を飲んでいるようだぞ。両手で持ったりするな。いいか、われわれはジェントルマンだ」

「ジェ……」

「ジェントルマン。紳士だ。紳士の風格をもってこそ仕事もうまくいく。高い金もとれるんだ。いいな、これからは、俺がマナーやいろんなことを教えていく。いいな?」

「うん。そうだ、お金のことなんだけど」

「トニー・リュウ、どうした?」

小春は、劉成がサイフを落として旅館から大衆浴池に宿を替えたこと、浴池の安価な宿泊費を工面するのにも苦労していることを打ち明け、できればバイオリンの演奏費を前借りできないかと切り出した。

小春の申し出を聞いた阿輝は、笑って受け止めた。

「なんだ、そんなことか。水臭いぞトニー・リュウ。困ったことは何でも俺に言え、そしたら即解決だ」

やっぱり、この人は頼りになると、小春は改めて阿輝を尊敬のまなざしでみつめた。

小春がカフェでお洒落な時間を楽しんでいた頃、劉成は職を求めて職業紹介所に顔を出していた。紹介所の中は混雑していたが、やはり適当な職はみつからない。劉成が諦めて帰ろうとしたとき、耳に覚えのあるダミ声が所員と言い争いをしているのが聞こえてきた。

「おいおい、こっちは三十人と言ったんだぞ。少しでも欠けると撮影にならないんだよ」

「そういうことは最初に言ってよ。急に言い出しても駄目」

「しょうがないな。おい、孫《スン》！　此処《ここ》にいる奴は全員使う。まとめて連れてけ」

麻三《マー・サン》の声だった。劉成は反射的に身を隠した。麻三には借金もあるし、できれば顔を合わせたくない相手だった。だが、柱の陰からそっと見るとそこには十三年ぶりの麻三がいた。懐かしい。北京に戻って昔なじみの顔を見るのは、派出所の王《ワン》に続いて二人目だ。

さっきからのやりとりを聞く限り、彼はどうやら職を求めて此処にやってきたのではなく、人を雇いに現われたようだ。ならば、何か力になってくれるかもしれない。現在の苦境を救ってくれるかもしれない伝手《つて》が目の前にあるのだ。背に腹は替えられないと覚悟した劉成は思い切って声をかけた。

「麻三！」

突然声をかけられた麻三は、声の主に気づくと目を見張った。

「おい、劉成、ほんとにおまえか？　帰ってきたのか？」

麻三はかつて劉成が踏み倒した借金のことには全く触れず、助手の男に仕事を任すと劉成を昼酒に誘った。積もる話を杯を傾けながらしようというのだ。過去のいきさつはともあれ、劉成と麻三は互いに幼なじみであり、十三年ぶりの対面とあれば話は尽きなかった。最初こそ昼間だからとビールを飲んでいた二人だが、すぐにもっと強い酒を飲みたくなった麻三が白酒（註：中国の蒸留酒。庶民的な酒）を注文した。

「酒はやっぱり白酒だ。どうだ昔なじみの紅星二鍋頭酒の味は？　この酒も久しぶりなんじゃないか？」

「まあな」

劉成は仕事の斡旋《あっせん》をどう麻三に切り出そうか考えていたが、うまい具合に麻三は自分の現在の仕事について話しだした。

「俺もな、今ではひとかどの人物だ。以前ならおまえに酒を奢《おご》るのも躊躇する実入りだった。だが、今ではもう毎日飯を奢ってもびくともしない。俺は今やショー・ビジネスの世界の人間だ。何をしてるかわかるか？　映画を撮ってるんだ。テレビのドラマじゃないぞ。映画だ。まるで格の違う仕事だ。それに、この仕事、有名人とも知り合えるぞ。鞏俐《コン・リー》、馮小剛《フォン・シャオガン》、陳凱歌《チェン・カイコー》、張芸謀《チャン・イーモウ》、みんな仕事仲間だ。俺が彼らの映画のエキストラを仕切ってる」

劉成は、麻三の自慢話を話半分に聞いていた。まあ、気持ちよく話させてやろう。ここで機嫌を損ねては、仕事の斡旋も頼めない。

「な、劉成、金を稼ぐのなんて簡単だ。仕事が欲しいなら俺がいくらでもエキストラの仕事を回してやるぜ」

「おいおい、俺に演技をさせる気か」

「ああ、簡単なもんだ。たとえば夜間撮影のエキストラなら三十元、簡単な台詞《せりふ》を言えば五十元になる」

「俺は顔を曝《さら》すのはまずいんだよ」

劉成が声を潜めると、麻三は急に真面目な顔になった。

「そうだったな。俺の話ばかりしちまったが、おまえも大変だったんだろ」

「ああ。どんなふうに聞いてる？」

「どんなふうも何も……」

麻三も声を潜めた。

「おまえ、なんで人様の子供を盗んだりしたんだ。もう売っちまったんだろ？　いったい幾らで」

劉成は麻三の言葉が終わる前にテーブルを叩いて大きな音を立てた。店中の人間が振り向いたが劉成の勢いは止まらない。彼は麻三に喰ってかかった。

「売っただあ⁉　俺はあの子を育ててきたんだ。麻三、俺はおまえのように人生を無駄に生きちゃいないぞ。あの子は出来が良くってなあ。俺が北京に戻ってきた理由を教えてやろう。あの子がバイオリンのコンクールに参加する付き添いなのさ。ただのコンクールじゃないぞ、全国大会だ。息子はな、どんなコンクールだって、出場すれば一位間違いなしの腕前なんだ。おい、麻三、おまえもコンクールに来い。息子が一位を取るところを見せてやる」

劉成の剣幕にあっけに取られていた麻三だが、すぐに我に返って劉成をなだめにかかった。この男に目立つ行動をさせてはまずい。

「わかったよ。おまえは無駄に生きてこなかった。信じるよ。な、だから静かに飲め。苦労して育ててきたんだな。ああ、余計なことを口にして悪かった。俺はもう、おまえはてっきり桂蘭《クイラン》のことで自棄《やけ》になってって」

麻三の言葉に反応して劉成の目が再び鋭くなった。

「……桂蘭だって？」

「ああ、すまん。また余計なことを」

「桂蘭はどうしてる？」

「どうって……おまえが姿を消してから、おふくろさんの跡を継いだよ。ほら、あの総菜屋の店員さ。最近は俺もあまり会ってないんだが、少し前に街で偶然出くわしたら、リストラに遭ったと話してたな。俺たちの年代はさ、男はともかく女はなかなか職がないんだよ」

「そうか……」

劉成は続く言葉を呑み込んで、懐かしい桂蘭の顔を思い浮かべたが、それは彼の知る二十代の若々しい桂蘭の顔であった。結ばれなかった仲だが、今でも彼女との思い出は胸の中にある。実は刑期中に苦労して匙《さじ》から作り、彼女に渡しそこなったステンレスの腕輪は捨てられずに今も持っているのだ。

来娣《ライディ》とのつきあいが深まってからは、なるべく思い出さないように心がけてきた相手だが、いざその名前を出されると堰《せき》を切ったように過去の断片が脳裡《のうり》を駆け巡った。良い時も悪い時もあった二人の交際だが、幸せになっていてくれればと密かに願ってきた。それなのに……。

「おいおい、しけた顔すんなよ。それより飲め。それに何か俺に頼みごとがあったんじゃないのか?」

劉成の浮かべた深刻な表情を気づかって麻三が酒を注ぐ。

「ああ。そうだ、麻三、仕事もみつかればありがたいんだが警察の目がある。それよりも、まず身分証なしで借りられる部屋を世話してもらえないか」

「部屋かあ……。今の北京ではな、部屋探しは嫁探しより難しいと言われてるんだ。だが、ま、いい。俺に任せろ。なんとかなるだろう」


劉成と麻三が昼酒に耽《ふけ》っている頃、小春は阿輝と一緒に街を歩いていた。彼が使っていない部屋を貸してくれることになったのだ。途中で相思雨洗浴中心に寄り、荷物をまとめて運び出した。劉成には無断での引っ越しだが、新住所は阿輝がメモを書いて女将に預けてきたし、溜まっていた宿泊費も阿輝が清算してくれた。問題はないはずと小春は考えた。

阿輝が小春を案内したのは、とあるアパートの二階にある部屋だった。

「さあ、此処だ。入れ。広くはないが充分だろ」

阿輝は閉めていたカーテンを開き、窓を開けて空気を入れ替えた。

「借りたがった人はこれまで何人もいたが、誰にも貸さなかった部屋なんだ。俺たち、どうやら縁があるようだな」

室内には壁際に棚が設《しつら》えてあり、大きな寝台とテーブルに椅子、そして簡単な台所があった。ガランとした室内は父子二人が暮らすには充分な広さであった。

「ちゃんとガスもあるから自炊もできるぞ」

「ありがとう。輝兄さん、なぜ、ぼくにこんなに親切にしてくれるの？」

「それはだな。おまえが好きだからさ」

阿輝の目はサングラスに遮《さえぎ》られて見えなかったが、小春は阿輝の言葉を信じた。

「さあ、トニー・リュウ、二人で掃除を始めようか。きれいになったら引っ越し祝いの準備をしよう」

「うん！」

小春は元気よく返事をした。この部屋で北京での生活の新しいページが開かれる。そんな予感がした。


すっかり酔いが回って千鳥足で帰ってきた劉成を、相思雨洗浴中心の女将は機嫌よく迎えた。なにしろ清算が済んだのだ。一方、劉成も麻三という伝手を得て今後の生活の見通しが明るくなっていたので気が軽くなっていた。

「息子は戻ってますか」

「出ていきましたよ」

劉成は酔いが醒めた。

「出ていったって、何処に？　え、どういう意味なんだ？」

「荷物をまとめて出ていったんですよ。ちゃんと清算も済ませてね」

「一人でか？　誰とだ？　男とか？　女とか？」

劉成の頭には莉莉の顔が浮かんだ。これは、あの正体不明の派手な女の仕業《しわざ》なのか。あいつが裏で糸を引いているのか。

「男の人とですよ。小春はよく知ってるみたいでしたよ。親戚なんじゃないの？　名前は……鐘さんだったかな」

「そんな親戚いやしないよ！　どんな奴だ？　何処へ行った？」

「そんなに怒鳴らないでよ。ほら、メモを預かってるんだから」

女将の差し出したメモ書きには、見覚えのない流麗な字で聞いたことのない住所が記されていた。

劉成はメモを受け取り、ひとしきり女将に文句を述べ立てると相思雨洗浴中心を飛び出した。一刻も早く小春をみつけねばならない。北京の街は広い。一旦はぐれてしまえば再会するのは難しいのだ。特に今の劉成や小春のような立場の人間は。

メモの文字は読みやすかったが、書かれた住所が土地勘のない地域のものだったので、劉成は小春の転居先を探し当てるのに苦労した。ようやく一つのアパートを探し当て、目指す五十九号室の前に立ったときは、すっかり陽が傾いていた。

緊張してノックしたドアが開き、小春が元気な顔を見せると劉成の身体から力が抜けた。

「父さん、待ってたよ」

「小春！　みつかった。良かった……本当に良かった」

劉成は小春を思わず力いっぱい抱き締めた。

「父さん、痛いよ」

「なんで黙って出ていった？　それに、この髪いったいどうしたんだ？」

「まずは入ってよ」

小春に招き入れられた部屋はきれいに片づけられ、西塘から持ってきた小春がバイオリンで受けた数々の表彰状も壁に貼られていた。そして、テーブルの上には小春が腕をふるったとおぼしき料理が並ぶ。まるで北京に家ができたようだ。だが、劉成は居心地の良さそうな室内の様子に反発を感じた。これは自分が小春に用意してやるはずだった環境だ。それをどうして息子の方が手配できたのだ。劉成の胸で疑念が渦を巻いた。

「この部屋は何なんだ？　誰の持ち物なんだ？　それに、おまえはどうして此処にいるんだ？」

小春を問い詰めながら、劉成は寝台の下に押し込まれた服をみつけ、引っ張り出した。

今日、阿輝が買い与えたジャケットやネクタイだ。

「これは、……どうしたんだ？」

明らかに高価な衣服を前に劉成はとまどった。息子が、ずっと手塩にかけてきた息子がたった半日目を離しただけで自分の知らない人間になってしまったような気がした。

「稼いで買ったのさ」

「稼いでだと、いったい何をして稼いだというんだ？」

「バイオリンを弾いたんだ」

劉成は小春の言葉が信じられなかった。この大都会で子供がちょっとバイオリンを弾いたぐらいで大金が稼げるものか。彼はますます不安に駆られた。小春は、そんな劉成を落ち着かせようと、ゆっくりと話した。

「この部屋は鐘さんの物さ。ぼくが頼んで貸してもらったんだ」

「鐘さん？　誰なんだ、それは？　いったいいつ何処で知り合ったんだ？」

「落ち着いて、父さん。鐘さんは悪い人間じゃない」

「どうしてそれがわかる？　いいか小春、この世でおまえが心許せる味方は父さんだけだ。それを覚えておけ。たしかに北京はわれわれの故郷だが、今は知らない土地も同然なんだ。今の北京人から見たら、われわれは田舎者なんだぞ」

「大丈夫だよ。心配しすぎだって。父さんは気が小さいなあ」

「なんだと！」

親子が声を荒らげて言い争いをしていると、ノックと同時に陽気な声が廊下から聞こえてきた。

「ハロー！　開けてくれ」

小春がドアを開けると、ワインのボトルを提げた阿輝が入ってきた。

「何を揉めてるんだい？　下まで声が響いてるぞ」

阿輝は小春の背後に劉成の姿を認めると、すぐに声をかけた。

「似てる！　一目できみたちが親子であることがわかった。さあ、お父さん、引っ越し祝いを始めましょう。座って、座って」

「あなたは……」

劉成が尋ねるよりも早く、近づいた阿輝は胸ポケットから名刺を取り出して渡した。

「鐘阿輝。文化人です。具体的な職務は司会業。趙忠祥《チャオ・チョンシャン》や王小丫《ワン・シャオヤー》（註：二人とも中国のTV局、CCTV／中央電視台を代表する著名なアナウンサー）は御存知ですよね？　あの二人とはいささか異なりますが同様の文化人です。主たる仕事は結婚式の司会です。昔は理事と呼ばれていましたね。アレです。

そうそう今は息子さんと組んで働かせてもらっています。その方が稼ぎが上がりますから。いや、今夜は金の話はやめておきましょう。祝いの席に相応《ふさわ》しくないですから、そんな卑俗な話題は。さあ、此処は私の所有する部屋です。お好きに使ってください」

阿輝の得意とする軽やかな弁舌に圧倒された劉成だが、かろうじて異議を唱えた。

「いや、鐘さん、ちょっとお訊きしますが、組んで働くといっても、こんな子供に何ができます？」

「バイオリンがとても上手いではありませんか。音楽家と司会者、これはまさに理想のコンビですよ」

阿輝の言葉に小春が微笑んだのを劉成は見逃さなかった。彼に誉められたのが非常に嬉しいようで、めったに見せない素直な笑顔だ。自分の知らないところで息子とこの男の間に何らかの信頼関係ができていることを感じ、劉成はさらに不快になった。

「盛大な結婚式において、出席した親戚や友人たちにサプライズを、意外な喜びを息子さんの演奏で与えるのです。安心してください。私たちが出向くのは最高級のホテル、五つ星のホテルの会場だけですから。息子さんが演奏するのに相応しい場所ですよ。さあ、食事にしようじゃないですか」

「駄目です。息子にバイオリンで仕事をさせるわけにはいかない。われわれが北京に来たのは、コンクールに出場するためであって、金儲けのためではないんです。好意はありがたいが」

「お父さんは北京に来たばかりですから、そのように考えられるのも無理はありません。でも、それは古い考え方だ。たしかに息子さんに一番必要なのはレッスンだ。その通り。そして、私と一緒に仕事をすれば演奏の機会が増える。しかも、大勢の前での演奏だ。これは、やがて彼が経験する舞台上での演奏の絶好の練習になるではありませんか。私との仕事は、息子さんにとっては百利あって一害なし。そうじゃありませんか？」

「駄目なものは駄目です」

劉成の頑固な反応に阿輝が次の一手を打とうとしたとき、彼の携帯電話が鳴った。彼は劉成との会話を中断すると電話に出た。

「ハロー。……わかりました。すぐ行きます」

携帯電話を切ると、阿輝は一方的に劉成に対し議論の打ち切りを宣言した。

「仕事が入ったので、今夜はここまで。話はまた後でしましょう。私は出かけます。引っ越し祝いは親子水入らずでどうぞ。私はお邪魔しません」

阿輝は部屋を出る際に、すれ違いざま小春に囁《ささや》いた。

「莉莉から呼び出しだ。後は頼んだぞ、トニー・リュウ」

「鐘さん、ちょっと待って」

劉成は阿輝を追って廊下に出た。

「鐘さん、此処の部屋代ですが、一ヵ月幾らですか?」

劉成は、とりあえず阿輝の部屋を借りることに決めた。此処なら警察の目にも触れにくいし、身分証の問題もない。目の前の大家も胡散《うさん》臭いところはあるが、仕事上小春を必要だというのなら、特に自分たちを害することはないだろう。なら、此処で手を打ってもいい。劉成は腹を決めた。あとは家賃だ。タダではまずいし、高額では払えない。

「……そうだな、三百ということでどうですか。もし問題があればいつでも相談に応じます」

「感謝します。とりあえず此処に住まわせてください。家賃は給料が出たら払います。でも、これと小春に仕事をさせる件は別ということで」

「その話は明日にでもしましょう。バイバイ」

劉成はホッとした顔で阿輝を見送った。一ヵ月で三百元なら格安だ。破格と言ってもいい。それなら自分にも何とかなるだろう。

部屋に戻ると小春がスープを碗によそっていた。劉成はテーブルに着くと小春に頭を下げた。

「すまん。金のことまでおまえに心配させるとは……。満足に稼げない父さんが一番悪い」

小春は碗を置くとそっと劉成の肩を抱いた。

「父さん、約束する。きちんとレッスンを受けるよ。それでも鐘さんと働いちゃ駄目？」

「小春、われわれは意地のために北京に残った。そうだな？　それを忘れるなよ。仕事の話はまた明日だ。今は食事にしよう。さて、おまえの料理の腕は上がったかな」

小春は笑顔で碗を劉成に差し出した。


莉莉の部屋に着いた阿輝は、部屋に入るなりいきなり椅子に突き飛ばされた。莉莉の眉は逆立っている。女が怒っているときは決して逆らうべきではないことを彼は知っていたので、ひたすら低姿勢に出た。

「どうした、莉莉？　友だちじゃないか」

「どの口でそんなことを言うのよ」

「怒るなよ。さあ、この前みたいに始めよう。きみの苦しみや辛さを俺にぶつけて。今夜も俺はきみのゴミ袋になるよ」

「いいえ。まずはあなたに喋ってもらうわ」

「睨《にら》むなよ。怖いじゃないか。昨日は本当に急用ができて」

「いいかげんなことを言わないで。来たくなかったんでしょ。せっかくパーティーの準備して待ってたってのに」

阿輝は、莉莉の声に一瞬寂しさがよぎるのを見逃さなかった。ここで切り返さないと泥沼だ。どう反論するかまとまった考えはなかったが、彼は喋りながら考えることのできる男だったので、とりあえず浮かんだ言葉を発した。

「そうだよ！　わざと来なかったんだ」

莉莉は意外な阿輝の反応に驚いて口をつぐんだ。

「莉莉、よく考えるんだ。俺は何者だ？　どんな資格で他人の私生活を探り、悩みに耳を傾けるんだ？　それは俺が他の人間よりも不幸だからさ。信じてないね？　それでいい。信じられて同情されるより、嘘つきだと思われる方がマシさ。同情なんて……そんなことされたら、自分が惨めに感じられるだけだ」

阿輝は、思いつく限りの自己憐憫《れんびん》の言葉を続けた。危うく言葉の力に自分も呑み込まれ、本当に自分が取るに足らないつまらない男に思えてきてしまうところまで勢いに乗って喋り続けた。そして、言葉の最後にとびきり切なく頼りなげに見える表情を添えることを忘れなかった。日頃の自信に満ちた態度と今の弱々しい表情の落差が女、それも気の強い女にはとりわけ効くはずなのだ。話がきちんと繋がらぬ場当たり的なものであっても、表面に浮かぶ感情に本当らしさがあれば、聞き手はついてくるものだ。

案の定、それまで仁王立ちして阿輝を見下ろしていた莉莉は、阿輝の椅子の傍らに別の椅子を寄せて腰を下ろした。その眼には、先程までの怒りに替わって、目の前の男を慈《いつく》しむような光が宿っていた。

「いいわ、今夜はわたしがあなたのゴミ袋になってあげる。何でも話してごらんなさい」

狙い通りの莉莉の反応に安堵した阿輝は、話を進めた。

「人にはそれぞれ苦悩がある。俺もかつて悲惨な体験をしているんだ。そのまま生き続けていいものか自問するほどのことだった。だが、こうして今も生きている。だから俺は、今も時に自分に訊くのさ、何をしてるんだってね」

「それって、女性問題ね」

「ああ、もちろんさ」

阿輝は話の方向性を莉莉の想像したものに合わせようとしたが、意識の片隅で危険信号が明滅した。女性相手に他の女性の話をするときは、充分に注意を払わねばならない。さもないと痛い目をみる。特にうっかり本当の話をしてしまったときは……。

「もちろん他の要素も絡んでいたけどね……。詳しく話すのはやめておくよ。だって、きみも苦しんでいるんだから」

阿輝は莉莉の目をみつめながら話した。この眼差しには誠実さが感じられるはずだ。これは、彼が鏡の前で何度も練習して体得したテクニックであった。

「きみだって、大事に想ってきた相手に傷つけられたばかりじゃないか。そこに俺の悲惨な過去の話をして、俺の感じた苦しさをきみにも背負わせてどうする？　それは俺の望みじゃない。俺はきみを楽にしたいんだ。微笑ませたいんだ」

「わたしのことを見くびらないでよ。あなたの苦しみぐらい受け止められるわ」

「莉莉、きみは可愛い女だ」

阿輝は莉莉の手を取って続けた。

「だからこそ甘えすぎたくはないんだ。昨日来なかったのも、そのためさ。好意に甘えては結果としてきみを傷つけかねなかったから」

「来てくれない方が、よっぽど傷つくのに」

「俺はろくでなしだよ。きみには釣り合わない。好意を受けるわけにはいかないんだ」

莉莉の表情はすっかり柔和なものになっていた。目の前の男は身を低くして自分に許しを請うている。優位に立つ自分が感じられ、それが彼女の自尊心をくすぐった。とてもいい気分だ。

「どう?　わたしと話をして楽になった」

「ああ、楽になったよ」

「じゃあ、今夜は帰っていいわ」

「ありがとう。失礼するよ」

阿輝は立ち上がり、玄関口で莉莉に声をかけた。

「じゃあ、また連絡して」

「連絡してくるのはどっちかしらね?」

莉莉は余裕の笑みを浮かべた。

「来年の誕生日には来る?」

「きっと来るよ」

「わたしの誕生日には?」

「来てもいいのかい?」

「質問に質問で答えては駄目よ」

莉莉は阿輝を送り出しながら笑った。今夜は気持ちよく眠れそうだ。美容にもいいだろう。昨日の晩とは大違いの有意義な夜だった。彼女は満足してドアを閉めた。

第9章 父と子の絆、師弟の絆

新居での一晩が明けると劉成《リュウ・チェン》はアパートの前の商店で電話を借り、西塘で留守を守る来娣《ライディ》に近況を伝えた。

来娣は、順調だという夫の言を信じて喜び、できれば毎日声が聞きたいとねだったが、それはまだ北京での経済的基盤をもたない劉成には叶えてやれない望みだった。それに電話口で毎度毎度「愛してる」と言わされるのも照れくさい。自宅に居る来娣はまだしも、人通りのある街中で電話するしかない劉成にとっては、新妻に促されて結局は口にするものの愛の言葉を囁《ささや》くのは決まりが悪かった。話し合いの結果、とりあえず電話は一日おきということになった。

こうして一通りの話が終わったときに、道の向こう側をレッスン帰りの小春《シャオチュン》が通ったので、これを機に劉成は電話を切った。通り過ぎる小春の顔が不機嫌そうに見えたのが気になった劉成は、とりあえず部屋に戻ることにした。

そして、部屋では小春がムッとした顔で劉成の帰りを待っており、顔を見るや訴えてきた。

「父さん、先生を替えようよ」

「小春、いきなりなんだ。何があったんだ。話してみなさい」

「あの先生、父親が入院して死にそうなのに見舞いにも行こうとしないんだ。そんな親不孝者を先生だなんて呼びたくない。バイオリンを教わるなんてもってのほかさ」

小春は、まず昨日目撃した江国華《ジャン・グオホア》と弟の諍《いさか》いの一部始終を話し、次に今朝の出来事を話した。今朝方、小春は少年宮に向かう途中の商店街で果物屋に声をかけられた。商売熱心な主人は小春がバイオリン・ケースを背負っているのを見て、先生への贈り物に果物はどうだと勧めてきたのだ。小春のポケットには昨日阿輝《アフェイ》から貰《もら》った当座の資金が残っていたので、その店で果物籠をあつらえてもらうことにした。これを江国華に渡せば、先生も病人の見舞いに手ぶらで行かなくて済む。小春なりに江に好意を示したつもりだった。ところが、そんな小春の意図を聞いたとたんに江は怒り出し、小春と果物籠を放り出して、おまえは破門だと怒鳴りつけたという。こうして好意を無にされた小春は、腹を立てながら帰ってきたのだ。

小春の話を聞きながら、劉成は息子が子供らしい純粋な気持ちで、江国華の父親に対する態度に腹を立てていることを嬉しくも誇らしくも思った。なぜなら、それは小春が親孝行な子供に育った証《あかし》だったから。

だが、それと同時に、江国華が抱えているであろう複雑そうな個人的事情に関する洞察力がまるで足りないことも気になった。しかし、これは仕方あるまい。どんなに大人びていても小春はまだ十三歳の子供なのだ。人生の不条理や機微を知るのはまだこれからのことなのだし、今はまだ無知で純真な子供でいることがぎりぎり許される年齢なのだ。

「小春、ちょっと聞くが江先生は、おまえの目から見てどうだ？　教えを受けるに足る先生か？」

小春はちょっと困った顔をしてみせたが、渋々頷《うなず》いた。

「そうか、では、先生が病院に出向いてお父さんを見舞ったら、おまえは江先生のレッスンを受けたいか？」

小春は微《かす》かに頷いた。

「わかった。小春、この件は父さんに任せろ。わしが何とかしてみせるよ」


その日の夕刻、劉成は少年宮の職員住宅に出向き江国華の帰りを待った。江は辺りが暗くなる頃帰ってきたが、自宅前に佇む劉成を見ると目をそむけてそそくさと家に入ってしまった。

「江先生、小春を怒らないでください。あいつはまだまだ子供なんです。どうか度量の大きなところを見せてください」

劉成は、江が煩《うるさ》がってドアを開けるまで必死にドア越しに呼びかけた。やがてドアが開き、うんざりした顔の江国華が劉成を招き入れた。

「最初に言っとくがな、今朝の件は」

「小春が悪い」

「……そうだ。わかってるじゃないか」

「先生に失礼な口をきいて困った奴です。でも安心してください。もう注意しました」

出鼻をくじかれた江は、頭を掻きながら言いたいことを探した。

「ともかくだ、あんな生意気なおぼっちゃまは扱いかねる。俺の方には小春に教えなければならない理由は何もないいんだ。ただ、あんたがあんまり熱心に頼むものだから引き受けただけさ。それを何だ、余計な口出しばかりして。もうレッスンによこさないでいいからな」

「いえ、先生、それは駄目です」

「駄目とはなんだ」

江は劉成のキッパリした口調に驚きつつも反発した。だが、劉成は冷静に江の感情を受け止め、穏やかに語りかけた。

「駄目なものは駄目です。先生、わしにはわかるんです。あなたは小春の才能を認めている。そして、小春もあなたを教えを受けるに足る師だと認めてるんです。

いいや、それどころではない。あなたのことを我がことのように感じてるんです。普通の生徒だったらレッスンが終われば、あとはただ帰るだけですよね。次のレッスンまでの間、先生のことを特に考えたりはしないでしょう。でも、小春はそうじゃないんです。あなたの身に起こることは、小春自身の身に降りかかることでもあるんです。あなたが辛ければ、小春も辛いんだ。だから、しなくてもいいことまでしてしまう。

たしかにあの子の口のきき方はよくありません。さぞ生意気に聞こえるでしょう。でも、わかってやってください。あれはあの子なりの好意の表われなんです」

劉成は江国華をみつめ、彼が自分の言葉に耳を傾けているのを確認すると話を続けた。

「江先生、あなたはインテリだけど、わしは学がなく道理というものもよくはわからない。でも知っていることもあります。その人物の善し悪しは、その人の話す言葉ではなく、その人の行動で判断すべきだということ。これは、これまでの人生で学びました。

小春はレッスンから帰ると実に辛そうなんです。見るに堪えんのです。生意気な口をきいてはいても、あいつは先生の苦しみを自分のこととして感じているんですよ。どうか、助けてください。あの子の欠点を直す手伝いをしてください。小春はまだまだこれからなんです。家ではわしが教育します。だから、ここでは先生に……お願いします」

江は劉成の真摯な態度と言葉に感じ入っていた。たしかに劉成の方が自分より年長ではあるが、それを差し引いても自分の小春に対する態度は大人げなかったようにも思える。江は自分の未熟さを思い知らされた気がした。

「……わかった。俺も言い過ぎたようだ。小春に伝えてくれ、破門は取り消すからレッスンに来いと。それでいいな」

江国華はそう言うとテーブル上の茶碗を取って、茶を一口ふくんだ。

「ありがとうございます、先生」

劉成は破顔した。これで帰って小春に顔を合わせられるというものだ。だが、もう一つ越えねばならないハードルがある。おそらくより困難であるだろう障害が残っている。ここで気を緩めず、慎重に話を進めよう。

「もう一つだけ、お話ししてもいいですか？」

「まだ何かあるのか」

「はい、父上のことなんですが、やはりお見舞いには行かれた方がいいと思います」

「なんだと！　この野郎、それを言いに来たのか」

小春に続いて父の劉成にも逆鱗に触れられた江国華は逆上し、手にしていた茶碗を劉成に投げつけた。威嚇のつもりで投げた茶碗だったが手元が狂い、古びた茶碗は劉成の額をかすめて床に落ち砕けた。劉成が顔を上げると右眉の上が切れており、すぐに血が流れ出した。本来は暴力的な人間ではない江は、自分の行為の結果にうろたえ、おろおろとしながらタオルを出して劉成に渡した。

「これを使ってくれ、俺は血には……弱いんだ」

「大丈夫です。タオルを汚しては申し訳ない。紙を持ってますから」

劉成はタオルを受け取らず、ズボンのポケットから取り出した紙ナプキンを傷に当てた。白い紙ナプキンはたちまち赤く染まったが、劉成の表情は穏やかだった。怪我《けが》を負うことによって、自分が江に対し優位に立ったことを感じたのだ。これで話がしやすくなった。これしきの傷で江を説得できるのなら安いものだ。

「本当に大丈夫です。此処には殴られる覚悟で来ましたから」

「それはどういう意味だ？　いったいおまえたち親子は何がしたいんだ」

自分がふるった暴力の結果に動揺していた江は、劉成の真意を測ることができず取り乱した。

「落ち着いてください。誤解しないでください。わしは本当にこの程度の怪我で済んで喜んでいるんです」

そう言うと劉成は江に微笑んで見せたが、血を流しながらも静かに語り続ける劉成の姿は、流血沙汰に不慣れな江にとっては不気味だった。さっきの激昂《げっこう》が嘘のように江国華は大人しくなった。

「江先生、わしは実は前科があるんです。昔は乱暴者でした。当時は強情な相手は殴って言うことをきかせるか、言うことをきくまで居座って帰らなかった」

江は目の前の痩せた物静かな男が訥々《とつとつ》と語る言葉に耳を疑った。俺は今、脅されているのだろうか。

「でも今はそんなことはしないし、できません。息子がいるのにそんなことをしてはいけない。ちゃんとわかっていますとも。今のわしにできるのは、お願いすることだけです。今日が駄目だったら明日、明日が駄目だったら明後日、先生が父上を見舞うまで毎日通ってきます。何度でも頭を下げます」

「そ、それは脅しか？　警察を呼ぶぞ」

「警察？」

劉成は江を見返した。

「警察を呼んでどうするんです？　血を流してるのはわしだ。そして、わしはただ頭を下げてお願いしてるだけ」

「こんな父親は初めてだ。おまえは息子のためなら何でもするのか？」

「その通り」

劉成は晴れやかに一度笑い、その後で顔を引き締めると再び話しだした。

「江先生がなんで御見舞いに行かないのかは、わしにはわかりません。でも、それには理由があるはず」

江はそむけていた顔を戻し、劉成を見た。劉成の口調に、これまで以上に真剣な調子が加わってきたのを感じたのだ。

「聞いたところでは父上のお命はもう長くないとか。わしはさっきも言いましたが、昔はどうしようもないろくでなしの若造でした。だから親父にはよく殴られたし、殴り返しもしたんです。いつも逆らってました。そんなわしでしたから、親父が死んだとき、最期を看取ってやれなかったことも何とも思わなかった。正直に言って、会いたいとも思わなかったし、死んだと聞いても特に何の感情も湧きませんでした。

ところが、自分に息子ができたとき、心から後悔したんです。本当に一度会って『父さん、ぼくが悪かった』と言うべきだったと。『会いたかった』と言いたかったと。こういうことを後悔するのは本当に辛いことです。相手は死んでいて取り返しがつかないんですから。

人には間違いがあるんです。人は間違うんです。年を重ねても道理を踏み外すことがあるんです。仕方のないことです。でも、取り返しのきくうちにそれに気づけば……。

江先生、どうあれその人は、あなたの父親なのでしょう?」
劉成の告白の前に、江国華はただ立ち尽くすだけだった。彼は自分よりも辛く長い人生を生きてきた男の話を嚙み締め、その言葉で自分の内面を照らし、いつまでも自問自答を重ねていった。

江は劉成が帰宅したのに気づかなかった。一人寝台に座り、深く物思いに耽《ふけ》っていたためだ。彼はゆっくりと自分と父親の関係をみつめ直した。幼い日の出来事に想いを馳せた。思春期の日々に心を戻した。青春期の悩みを反芻《はんすう》した。江国華が自分の半生を頭の中でもう一度生き直している間に、星は流れ月は沈み、そして陽が昇った。朝陽の中、江国華はようやく自分のするべきことを知った。

江は自宅を出るとなじみの牛乳屋に寄り、いつもは買わない特級の牛乳を買って病院に向かった。見舞いの品を買うにも朝早くに開いている店は少ないし、病人が力をつけるのに牛乳は役に立つだろうと考えたのだ。大瓶《びん》二本を両手に抱えて江国華は病院に入った。

「息子なんですが、父の、いや江松年《ジャン・ソンニェン》の病室は何処ですか?」

ナースセンターで看護師に尋ねると少々待たされ、やがて奥の廊下から弟の江国賓《ジャン・グオビン》がやってきた。

「やっと来たのか」

疲れの見える表情で弟は兄に声をかけた。

「父さんの容態はどうだ？」

「今朝の三時に急変して昏睡状態に陥った。危ないというんで僕も呼び出されたんだが、今は落ち着いてるよ」

江国華は反射的に動いた。

「見てくる」

「行くな！」

弟は身体を兄の前に滑り込ませてその動きを制した。

「何故だ？」

「万が一意識が戻ったら興奮する。そうなったら、今度こそ危ない。……父さんは、兄さんに会いたくないと言っていたんだ」

「なんだと！　会いたがっていたんじゃないのか？　どういうことなんだ」

「兄さん……、僕は嘘をついた。兄さんに来てもらうために嘘をついたんだ」

「お、おまえは俺をからかったのか。ともかく、来たからには会っていくぞ」

強引に奥に進もうとする兄を、弟ははがい締めにして止めた。

「兄さん、父さんのことも考えてくれ。もう何年も好き勝手に生きてきたじゃないか。せめて今は……」

「俺のことも考えろ！　会うぞ。会ってこの牛乳を届ける」

弟を振り払おうと江国華は激しく身を捩《よじ》ったが、弟も全力で押さえ込んだ。大の大人の力がぶつかり合う中、江国華の腕の中で大きく揺さぶられた牛乳瓶の蓋《ふた》が弛《ゆる》み、牛乳が飛び散り始めた。二人の身体が揺れるのに従って牛乳が病院の床に降り注ぐ。この騒ぎに医師や看護師が足を止めるのだが、誰も江兄弟の勢いに怖《おそ》れをなしてなかなか仲裁に入れない。

「放せ！　父さんに会うんだ！」

江国華が力を込めて足を踏み出そうとしたとき、彼は濡れた床に足を取られてバランスを崩し、背中に取り付く弟もろとも床に倒れた。抱えていた牛乳瓶も投げ出され、病院の床は大量の牛乳で覆われた。

「どけ！　どくんだ」

「兄さん！　やめてくれ」

「父さん、会いに行くよ！」

牛乳に濡れながらもつれ合う兄弟が力尽きて動かなくなるのを見て、ようやく静観していた周囲の人々が近寄り、二人を諌《いさ》めつつ抱き起こした。江国華も江国賓も共に半泣きの状態であった。

レッスンの時間になり、小春が江の自宅を訪ねたとき、江国華は寝台に座り、黙り込んで煙草を燻《くゆ》らせていた。

「どうした？　立ってないで入ってこい」

「病院には行ったの？」

小春の問いに対し江は無言のままだった。どうしていいかわからない小春は、劉成に指示された通りの言葉を口にした。

「先生、ごめんなさい」

「おまえが謝ることはない。お父さんに謝れと言われたのか？」

「うん」

小春が小声で答えるのを聞いて江は小さく笑った。

「そうだろうな。おまえの性格じゃ、自分から謝るわけがない。小春、おまえは幸せな奴だ」

「どうして？」

「いい父さんがいるじゃないか。劉成は優しくしてくれるだろ」

「ずっと一緒にいないからそう見えるんだよ」

「殴られたりはしないだろ？」

「殴られたことだってあるよ。子供を殴らない親なんていないよ」

江は、脳裡に甦った父親による体罰の記憶を辿《たど》りながら目の前の小春を眺めた。

「小春、おまえはバイオリン、父さんに強制されて始めたのか？」

「ううん。自分から始めたんだ。父さんに強制されたことはないよ」

「そうか。俺はな、子供の頃から父親に強制されてきた。弾きたくないと言うとひどく打たれた。でも、いくら頑張っても父の要求には応えられなかったんだ。習った先生には天才とも神童とも呼ばれて誉められた。そんなときは父も自慢げではあった。だが、父から誉められたことは一度もなかった。父の目からすれば、俺はまだまだなんだ、永遠にな」

江の語る深刻な過去のエピソードに小春はショックを受けた。劉成と自分の関係でしか父子というものの在り方を知らなかった小春にとって、江と父親の関係は想像もつかないものだったのだ。

「父は怒ると手がつけられなくなった。そうなると誰も俺を守ることはできなかった。弟が止めようとしてくれたこともあったが無駄だった。だから俺も本気で反抗したときもあった。バイオリンを壊して『もう弾かない、殺されたって弾かない』と宣言したんだ。ところが、そのときに限って父は黙ったままだった。そして翌日、新しいバイオリンを買ってきて言ったんだ。『弾かないのは許さん。弾け』とね。そして俺の毎日は以前の状況に逆戻りさ」

江国華の語り口は表面的には淡々としていたが、逆に小春はそこに息の詰まるような江の想いを嗅《か》ぎ取り胸が苦しくなった。

「その年、俺は或る国際的なコンクールに参加した。プレッシャーはいつになく大きく、俺はひどく緊張していた。舞台の袖《そで》で出番を待っていると弦が一本切れた。毎日演奏する前に点検していたから、それまでそんなことは起こらなかったのにだ。急いで楽屋に戻って張り直しはしたが、心はもう乱れていた。有り得ないことが起きたんだ。それは当時の俺には不吉な予兆、虫の知らせに思えた。舞台に出てライトが当たるのを頬に感じても、頭の中は真っ白なままだった。そして、突然目の前にある物が見えたんだ。それは父の顔だった。俺は急に理解した。俺がバイオリンですべきことは父を喜ばすことだったんだ。俺は心の底では父を喜ばせたかったんだ。でも遅かった。乱れた心は音楽に戻らず、指は全く動かなかった。俺は一切演奏できずに舞台を下りた……。

このときの帰国は寂しいものだった。いつも空港には先生や友人たち大勢の出迎えが花束を抱えて待っていたのに、その日は人影はなく、父一人だけが立っていた。俺には父に抱き締められた記憶はない。だが、あの日の空港で父は俺を強く抱き締めてくれた。そして、俺は父の抱擁の中で、俺と父の関係が完全に切れたことを感じていたんだ」

江は短くなった煙草をもみ消した。

「すまん。こんな姿……教師たる者、生徒に見せるべきじゃないよな。そうだ、病院へは行ったぞ。もっとも会う勇気がなくて、そのまま帰ってきたがな。もう何年も会ってないんだ。緊張して駄目だったよ」

「また行くべきだよ」

「向こうは会いたがらないさ」

「ううん、先生が会いたいんなら、お父さんだって会いたいはずだ」

江は寝台から立ち上がるとピアノのカバーを捲《めく》った。そこには江が投げ捨てたのを小春が拾って皺《しわ》を伸ばしておいた写真、幼い日の江国華と父親の姿を写したものが置いてあった。江は写真を一瞥《いちべつ》すると小春に声をかけた。

「もういいよ。さあ、時間だ。レッスンを始めようじゃないか」

江国華と劉小春、この師弟の絆《きずな》は今ようやく強固なものとなり始めていた。

第10章

傷ついた詩人の夜

fine

江国華《ジャン・グオホア》の下での小春《シャオチュン》のレッスンがようやく軌道に乗りだした頃、劉成《リュウ・チェン》の行方を追う王《ワン》所長の捜査もまた順調な進展をみせていた。清香浴池で足取りを摑《つか》んだ後、市内の大衆浴池を虱《しらみ》潰しに調べていた一人の部下が、相思雨洗浴中心に劉成が投宿していたのを突き止めたのだ。

早速、王自らが相思雨洗浴中心に出向き、慣れぬ取り調べに緊張する女将をなだめすかしての事情聴取が始まった。

「奴が連れていた子供はどんな様子だった?」

「小春のことですね、いつもバイオリンのケースを背負っているんで目立ちました」

「その子はバイオリンを習っていたわけだな」

「そのようでした」

「何処で習っているか聞いたか?」

「いいえ。ウチじゃ誰もバイオリンを弾かないから、そんなこと聞いてもしょうがないでしょ」

「そりゃそうだな」

女将が落ち着かぬ様子を見て、王は話を変えることにした。

「それで奴は子供にどんなふうに接していたかな」

「そりゃあもう、優しいなんてもんじゃないですよ。あんなに子供の面倒をみる父親は初めて見ましたね」

「実の子に見えたかね？」

「もちろんです。本当の子供じゃなかったら、ああはできないですよ」

女将が証言する劉成と小春の親密さを示すエピソードを聞きながら、王は首をひねった。どうにも合点のいかないことが多すぎるのだ。

王は最後に、劉成と小春がこの大衆浴池を出ていった事情を聞き出して女将を解放した。小春と一緒に現われて劉成の借金を清算した第三の男について、女将が名前も覚えていなかったのは残念だし、この男の登場で捜査範囲を大衆浴池からアパートや旅館にまで広げざるを得なくなったのは面倒な事態ではあるが、やむを得まい。捜査対象を大衆浴池に絞って取り逃がすよりは、ずっとマシだ。

王は派出所に戻って今後の捜査方針を部下に指示すると、一人で郭《グオ》おばさんの家を訪ねた。女将から得た合点のいかぬ情報を整理するには、古くから劉成を知る郭おばさんと話してみるのが有効かもしれないと考えたのだ。

夕刻、勝手知ったる四合院に足を踏み入れると、郭おばさんはちょうど中庭に出ており、王の顔を見るとすぐに茶を入れ、椅子を持ち出して茶飲み話の舞台を設《しつら》えてくれた。王は恐縮しながら腰かけると話を切り出した。

「今日此処《ここ》に来たのは劉成の件なんだ」

「まあ！　捕まったんですか？」

「いやいや、そうじゃないが、ちょっと情報が入ってね。奴は子供を連れ歩いているようなんだが、どうもそれがあのときに盗んだ子供らしいんだよ」

「え……」

「奴はどうやら東城区に潜んでいるようなんだが……。郭さん、わしにはわからんのだ。劉成はなんで危険を冒してまで北京に戻ってきたんだろう？　しかも子連れという不自由な状態で。おまけに、その子には音楽まで習わせているらしいんだ。実の子でもないのになあ……。訳がわからんよ。奴はいったい何がしたいんだろう？」

「王さんの悩みはわかりますよ。劉成はあなたにとってずっと頭痛の種だったから、あの子がまた現われて心が騒いでいるんですよ。捕まえられないのが悔しいんでしょ」

王は茶を飲みながら首を横に振った。

「そういうことじゃないよ。もう何年も経ってるんだ。たとえ奴が更生できなくても、今さら気にはしないさ」

「そうですね」

「実際、更生も何も、劉成は悪人というわけではないしな」

「ええ、悪人なんかじゃありませんよ。あたしはよく知ってる」

「なのに、なんであんなことをしでかしたのか……」

王は茶碗を胸の前で抱えながら一瞬言葉を切った。

「そうさ、わしは奴を放っておけないんだ」

郭おばさんは王の言葉に耳を傾けながら、暫《しば》し考え込み、そして口を開いた。

「王所長、劉成がその盗んだ子を連れまわしているということはですよ、ひょっとして善行を積んでいることにはなりませんかね？　だって孤児を育ててあげて、音楽まで習わせてるんでしょ、この御時世に。これはもう過去の罪を帳消しにして、その上表彰、金一封ものじゃないですか？」

「郭おばさん、人情は人情、法は法。別問題だ。そうはいくまい」

王の返答に郭おばさんの表情は再び曇った。

「そうですか。すると、劉成は捕まったら、いったい何年の刑になるんです？」

「それは、裁判所の決めることだよ」

「なんとか弁護してやってくださいよ。お願いしますよ。そうだ、王さんご飯食べてかない？　今日はあなたも好きな扁豆焖麵（註：豆や肉を具材とする麵料理）を作るんですよ。

ほら、わたしもウチの人が逝ってから、ずっと一人でしょ。誰かが一緒にご飯を食べてくれると嬉しいんですよ」

「そうか。じゃ、ご馳走になりますかな」

劉成の捜査を進展させる着想こそ得られなかったが、これはこれで収穫だなと王は苦笑した。扁豆燜麵は彼の大好物なのだ。

王所長と郭おばさんが四合院の一室で扁豆燜麵に舌鼓を打っている頃、莉莉《リーリー》と阿輝《アフェイ》は高級ホテルのレストランで祝杯を上げていた。

今日、莉莉が以前から目をつけていたこのホテルのテナントの権利を買い取る交渉に目《め》途《ど》が立ったのだ。莉莉の夢であるレストラン経営への道が一歩進展したのである。

莉莉は、そのテナントのオーナーである牛《ニュウ》という女性が移住を控えており、そのために権利を売りたがっているという情報を聞きつけ、交渉を重ねてきた。だが、最近になってそのテナントをフット・マッサージの店にしたいというライバルが現われ、莉莉よりも良い条件を提示してきた。俄《にわ》かに雲行きの怪しくなってきた交渉を打開する一手として莉莉が目をつけたのが、阿輝だった。交渉の場で牛と何度も顔を合わせるうちに、莉莉はこの熟年女性が男に対する関心を失っていないこと、年下の二枚目に目がないことを察知した。

そこで今日、莉莉は阿輝を呼び出し、彼を従弟《いとこ》であり、かつビジネス・パートナーでもあると牛に紹介したのだ。

莉莉の目論《もくろ》み通り、牛は阿輝と同席するや微妙な反応を示した。阿輝の発するフェロモンに惹かれたのだ。交渉はたちまちスムーズになり、口頭ではあるが同意に達した。ただ、莉莉にも誤算はあった。それは阿輝が牛の発する金の匂いに関心を示したことと、そんな状況で自分が感じたジェラシーの強さ。これは計算外のものだった。しかし、交渉がまとまったことに比べれば、それらは取るに足らぬことと莉莉は思った。どうせ牛は近々海外に行ってしまうのだ。そうすれば問題は解決する。

牛と別れた後、交渉の結果に高揚した莉莉は祝杯を上げるべく阿輝を誘ってホテルのレストランに移動した。

席に着いてワインを注文した莉莉は、上機嫌で阿輝に話しかけた。

「阿輝、今日は嬉しいわ。やっと、これで自分の店をもてる目途がついたんだもの」

「最初はヒヤヒヤしたよ。ちゃんと前もって話しておいてくれないから」

「でも大丈夫だったでしょ。あの女、あなたに見とれて上の空だった。もう売買条件なんか頭になくなってたわ」

「きみはやり手だな、莉莉。でもこれからは勝手に俺の〈男〉を利用しないでくれよ」

莉莉は笑い出した。

「なにが〈男〉よ」

ウェイターが注文のワインを二人のグラスに注ぎ、阿輝がグラスを上げて乾杯しようとしたとき、莉莉がその動きを制して問いかけた。

「ね、運転免許はもってるわよね」

「オフ・コース」

阿輝は何を当たり前のことをと言いたそうな表情で答えた。

「なら、あなたは今日はわたしの運転手よ。飲んじゃ駄目。今日はわたしがとことん飲むんだから」

莉莉はバッグから取り出した車のキーを阿輝に手渡した。阿輝はキー・ホルダーに目を留めると大人しくウェイターに告げた。

「ミネラル・ウォーターをくれ。ガス入りのを」

「そう、それでいいの。車はホテルの駐車場にあるから。頼むわよ」

キー・ホルダーが示す莉莉の愛車は現代《ヒュンダイ》だった。阿輝は莉莉の値踏みを修正した。ポルシェやベンツならもっとよかったが、一応外車ではないか。この女は想像以上に利用価値があるようだ。ではより丁寧に扱おう。ミネラル・ウォーターの泡がはじけるのを唇に感じながら阿輝は冷静に考えていた。

この情と欲、計算と感情が複雑に絡み合った二人の関係が次の段階に進むには、もう少しだけ時間が必要だった。

ワインを痛飲し酔っぱらった莉莉の面倒をみた翌日、阿輝は仕事でトラブルに巻き込まれた。披露宴の司会という手馴れた仕事だったのだが、この日は新郎と新婦の両親が共に結婚に大反対だったため披露宴は大荒れとなり、阿輝は彼を逆恨みした新郎と、その柄の悪い仲間たちによって袋叩きにされてしまったのだ。この日が初仕事で劉成に無断でやってきた小春を守ることはできたものの、男たちが立ち去ったとき、阿輝は自力で立つこともできないありさまだった。

小春は阿輝が庇《かば》ってくれたので幸い無傷だったが、阿輝が男たちに痛めつけられるのを間近で目撃してショックを受けた。いつも颯爽《さっそう》として頼り甲斐のある兄貴分の阿輝が、男たちにいいように殴られ、蹴られ、地面に這いつくばっているのだ。涙こそ出なかったが、小春は阿輝が決して全能の英雄ではないという現実を思い知らされた。

男たちが去るのを待って阿輝を助け起こした小春は病院に行こうとしたが、阿輝が必要ないと言い張るので、やむなく阿輝を自宅に連れ帰ることにした。

初めて訪れた阿輝の家は、小さく古びていたが瀟洒《しょうしゃ》な造りだった。阿輝を玄関の傍《そば》にあったソファーに寝かすと、小春は洗面所を探して近くにあったタオルを数枚濡らした。濡れタオルを阿輝の顔の腫れて熱をもった部分に当てて冷やし、さらに別の濡れタオルで渇いた血を拭いてやった。手当てを受ける間、阿輝はしきりに小声で男たちを罵《ののし》っていたが、大人しく小春の介護を受け入れた。

一通りの応急手当を終えて余裕を取り戻した小春は、改めて室内を見渡した。阿輝が傷ついた身体を横たえるソファーは洒落たデザインだし、壁を飾る額も趣味がいい。室内には知的な雰囲気が漂っていた。そして圧巻なのは壁を埋め尽くす本棚だ。小春はこれだけの蔵書をもった家を初めて見た。圧倒された小春は吸い寄せられるように本棚に寄り、手近なところにあった分厚い単行本を抜き出した。本を開くと、挟まれていた何枚もの写真が床に散った。小春が慌てて写真を拾うと、そこには若き日の阿輝の姿があった。何かの会場でトロフィーのような物を掲げてポーズをとっている。

「その本にも随分と長い間触れてないな」

小春が顔を上げると、ソファーに寝たまま阿輝は頭を小春に向けていた。

「俺も昔は本物の文化人だったんだ」

「……第二回詩神杯詩歌朗読大会」

小春は写真の背景の文字を読んだ。

「これ、輝《フェイ》兄さんだね?」

「ああ……。十数年前のな。まさに新進気鋭。輝いていた。意欲は満々、最高潮というところだ。詩の世界で俺は尊重されていた……。だが、時は過ぎゆく。青春の日々は去り、今や跡形もない。残念だが、この十年来、世の中は変わった。もう詩歌の時代じゃないんだ」

小春は阿輝の言葉に宿る沈鬱さに驚かされた。今、目の前に横たわるのは、これまで小春が目にしてきたような、いつも快活で市場経済の波を乗りこなす軽薄なまでに今風の男ではなく、文字通り心身共に傷ついた詩人だった。小春は初対面の晩に阿輝から聞いた言葉を思い出した。彼は言ったのだ、「俺は詩人だ」と。

「もう誰も俺のことを覚えていない。もっとも、当時の俺も今の自分を想像することはできなかった。結婚式の司会で生計を立てるなどという……」

阿輝の言葉に自嘲の色が加わったとき、突然とぼけた声が何処かから聞こえてきた。

「山に日は落ち、黄河海流に入る」

声の主を求めて辺りを見回す小春に阿輝は笑いかけた。

「俺の飼ってる九官鳥だよ」

「うまく喋るんだね」

阿輝の視線を辿《たど》ると、部屋の片隅に鳥籠が置かれていた。

「こいつは馬鹿な鳥でな、いくら教えても次の一句が覚えられないんだ」

阿輝は微笑みながら詩の続きを吟じた。

「より遠くを臨みたくば」

「更に高みを目指すべし」

九官鳥が続けると阿輝は頷《うなず》き、そしてまた笑った。小春もつられて笑いかけたとき、ドアが激しくノックされ、莉莉の切羽詰まった声が響いた。

「阿輝、開けて！　わたしよ。莉莉よ」

「なんで彼女が此処に来るんだ？」

「ぼくが電話したんだ」

小春はドアを開けながら答えた。さっき洗面所を探すときに電話をみつけた小春は、莉莉に連絡し事情を話して呼び寄せたのだ。父に無断で外出している自分はこのまま外泊するわけにいかないが、阿輝を一人置いて帰るのも気がかりだ。ならば、安心して後を任せられる莉莉姉さんを呼ぼうと考えたのだ。

ドアが開くと血相を変えた莉莉が飛び込んできた。

「阿輝、どうしたの？　こんな……ひどいわ。誰が、この傷」

莉莉は横たわる阿輝の姿を見ると駆け寄って、猛然と世話を焼き始めた。

「莉莉、いいよ。大丈夫だ」

阿輝は莉莉の勢いに押されて身体を起こす。すると莉莉はすかさずクッションを背中に入れてやり、楽にしてやる。そんな二人の様子を見て、小春はそっと阿輝の家を出た。自分の出番が終わったことを悟ったのだ。

阿輝の世話に夢中で小春が帰ったことにも気づかない莉莉は、バッグから綿棒を取り出し消毒液に浸すと阿輝の傷を拭《ぬぐ》い、消毒してやった。

「ほら、我慢して。痛くないからね」

まるで母親のような莉莉の口調に、阿輝はつい噴き出してしまった。莉莉の派手な外観と子供をあやすような言い方のギャップがおかしかったのだ。

「怪我《けが》人のくせに、何を笑ってるのよ？　何がおかしいっての？」

「いや、別に」

阿輝の裡《うち》に或る種の感情が芽生え始めていた。さっき小春との会話で過去を思い出していたためか、もう自分からは失われてしまったと決めつけていた懐かしくも柔らかな感情がまだ残されていたことに阿輝は気づいた。誰かに心の一部を明け渡す歓び、互いに相手を所有し合いたいという衝動を彼は思い出し、同時に頭は日頃の回転を取り戻した。

「ただ、俺を痛めつけた連中に感謝するのかと思ったら、おかしくなったのさ」

「感謝ですって？」

「そう。感謝だ。奴らが俺を殴ったから、こうしてきみに逢えた」

傷ついた顔に微笑を浮かべて阿輝は語りかけた。

「手相を見てあげよう」

阿輝はとまどう莉莉の手をとった。

「莉莉、はっきり言おう。きみは不運な女だ。この線を見てごらん」

「なによ？」

「これは感情線だ。きみの感情線は薄く、しかも枝分かれしている。つまり、きみは男に一生よく尽くすが、何も代償は得られないんだ」

「何が言いたいのよ？」

阿輝は答えず、代わりに囁《ささや》くように詩の一説のような語句を朗読した。

「君という女は、ぼくを喜ばせ、そして不安にさせる。だけど、ぼくは君に尽くそう。ぼくは君に尽くす」

阿輝の言葉に込められた彼の真情を感じ取った莉莉の目に熱い涙が溜まり始めた。これまでも阿輝から大量に発せられる才気に満ちた言葉には魅了されてきたけれど、今聞かされた短く簡単な言葉、単純な言い回しには、胸のより深い部分を刺激された。莉莉は、目の前の傷ついた男の瞳を覗き込んだ。阿輝の瞳には莉莉だけが映っていた。

こうして温かな感情の交差が始まった阿輝の家の外では肌寒い夜風が吹いていた。北京の街に人恋しい秋が本格的に訪れたのだ。そして季節は、その影をより濃いものにしつつあった。

第11章

深まる絆と惜別の日

その日、少年宮のトイレに入った江国華《ジャン・グオホア》は先客を見て、思わず不機嫌な声をあげた。

「また、おまえか。呉《ウー》、おまえとはトイレでばかり会うな」

「それは、こっちの台詞《せりふ》ですよ、江先生」

少年宮の幹部職員である呉は手を洗いながら答えた。

「それより、今度のコンクールには先生の弟子も出場するようですね」

「まあな」

「それでいいんだ。そうするべきなんですよ、うん」

呉は一人で頷《うなず》きながらトイレを出ていったが、その口調には江を妙に刺激するニュアンスが含まれていたので、気になった江国華もさっさと用を済ませて呉の後を追った。

「おい、さっきの『それでいいんだ』はどういう意味なんだ?」

江は裏庭で呉に追いつくと問い質《ただ》した。

「もちろん、いい意味で言ったんですよ」

「そうは聞こえなかったぞ」

「いやだなあ、先生なら、意味はわかるでしょ」

江は呉を睨《にら》むと声を荒らげた。

「おまえの言う『いい意味』は、俺が協会とのコネを使って弟子を入賞させるように裏でコソコソ動き回るということか？　俺はそんなことはせんぞ！　俺はおまえらとは違うんだ！」

「そう、あなたはわれわれとは違う。なぜならあなたは江国華だからね」

呉はそう言い捨てると江に背を向けて歩き出そうとしたが、まだ気の済まぬ江に腕を摑《つか》まれてしまった。

「おお、そうさ。俺は江国華だ。おまえたち全員に見せつけてやるよ、誰の生徒が最優秀か、誰が間違っていて、誰が本物だったかをな」

「そんなのあんたに決まってるだろ。あんたは有名人だ。本物さ。でもね、だったら何で此処《ここ》にいるんだ？　少年宮なんかで教えてないで、カーネギー・ホールで演奏してなさいよ。フルオーケストラを指揮してなさい。実際問題、あんたはテレビでしか見ることができない人になるんだと思ってたよ、昔の俺はね。なのに、なんで毎日こんなところでブラブラ無駄に過ごしてるんだ？　え、先生教えてくれよ」

「何が無駄にブラブラだ。大きなお世話だ。何処にいようと俺の勝手さ」

呉は江を振りほどこうとしたが、言われたくないこと、指摘されるのを内心怖《おそ》れていたことを言われて一挙に頭に血が上った江は呉の腕を放さず、二人はもつれ合った。その様子をレッスンにやってきた小春《シャオチュン》がたまたま目にし、これは師の一大事と加勢すべく大声をあげて駆けつけてきた。

「先生を殴るな！」

近くに積まれていた煉瓦《れんが》の山から一個を摑んで構える小春の姿に驚いた江は、弟子を止めるために呉の腕を離し、ようやく解放された呉はさっさと逃げ出した。なんと喧嘩《けんか》っ早い師弟だと呆れながら。


江は小春を連れて自宅に戻ったが、小春の頰には興奮の色が残っていた。

「先生、この屈辱、必ず晴らしてみせます」

「よし、頼むぞ」

江は自分のために駆けつけた小春を頼もしくも嬉しくも思った。かつて喰い違い、バラバラだったこの師弟の気持ちは、今や寄り添い、共通の目標をしっかり見据えるようになっていたのだ。

「さあ、時間が惜しい。コンクールは間近だ。レッスンに入るぞ」

江の言葉に反応し、小春はケースを開いてバイオリンを取り出そうとしたが、その動きを江はやめさせた。

「バイオリンを置いてこっちへ来い」

江は小春を部屋の奥に誘った。江が壁沿いに設《しつら》えられた棚の上から紙の束を抱え上げ、テーブルの上に置くと、紙の束は長年ほったらかしにされた間に積もった埃《ほこり》を辺りに散らした。

「この譜面を一枚一枚きれいに拭きながら読むんだ。心を込めてやれよ」

江は布巾《ふきん》を小春に渡しながら真剣な顔で言った。

「心に音楽をもつんだ」

小春が譜面を拭き始めると、江はレコード盤を取り出しプレーヤーにセットした。

サラサーテの『カルメン幻想曲』が大音量で空間を満たしていく。

「そうだ、真剣に拭け。譜面と向き合え、音楽を聴け！」

小春は目では譜面を追い、耳ではレコードの演奏を聴くうちに、どうしようもなく身体の奥から音楽が溢れ出すのを感じた。頭の中を自分が演奏するイメージが駆け抜け、指が弦を、弓を求めて疼《うず》いた。小春は全身が音楽に対する衝動で塗りつぶされていくのを感じ、突き上げてくる音楽への希求に耐え切れなくなった。よろけるようにテーブルを離れ、バイオリンを摑んだが、そこに江国華の叱責の声が飛んだ。

「まだだ！　焦るな。音楽を身体に満たすんだ」

小春はバイオリンをケースに戻し、頭の中に広がるイメージに身を浸した。イメージの中で小春はバイオリンを介して音楽と溶け合っていった。音楽のもたらす歓びの中に浮遊する恍惚《こうこつ》。音の連なりに潜む魔法が神経を伝い、言葉にならぬ快感をもたらす。小春と音楽は一つになっていった。

江国華と小春の間に、充実した時間が流れ出した頃、劉成《リュウ・チェン》の生活も安定してきた。麻三《マー・サン》の紹介でいくつかの半端仕事をこなすようになった彼は、なんとか暮らしていけるだけの稼ぎを得ることができるようになったのだ。そうした仕事での給料がまとまった日、劉成は江国華にレッスン料を払うべく、久しぶりに江の自宅を訪れた。

江はいつものように玄関先で愛猫のために魚を煮ていたが、室内からはバイオリンの音が聞こえてくる。コンクールが近づきレッスン時間の増えた小春は、昼下がりのこの時間も課題に挑んでいたのだ。

「先生、学費を持ってきました。一部ですが受け取ってください」

「そうか、手が離せないから窓のところに置いてくれ」

江はコンロにかけた鍋を掻き混ぜながら応えた。劉成は金を入れた袋を窓辺に置きながら室内を窺《うかが》おうとしたが、江に止められた。

「練習中だ。邪魔するな」

「はい。先生、小春はどんな具合ですか？」

「いいぞ。上達が速い」

「入賞できそうですか？」

「当日ミスをしなければな」

劉成は江の言葉に嬉しくなった。この変人先生はお世辞を言うような人物ではない。容易《たやす》く他人を誉めるような柄じゃない。ならば、小春はよほど上達しているのだろう。

「小春の将来性はどんなものでしょうか？」

「育て方によっては無限だが、俺はただの教師だから安易に保証はできん。なにしろ、今の親には子供の才能を潰す輩《やから》が少なくないからな。だが、あんた」

江は劉成を正面からみつめた。

「俺に預けたのは正解だった」

「はい」

劉成は声を弾《はず》ませた。江が何かもっと良いことを言ってくれそうなのが気配でわかったのだ。

「俺は、最初はあんたが粘ったから根負けして小春を引き受けた。なのに、今では本気で指導している。何故だかわかるか？　それは奴の父親が良い親だからだ。だから、俺も力を入れてしっかり指導する。さっき保証はできんと言ったが、取り消そう。俺は小春を、絶対に一流の演奏者にしてみせる。そうさ、余世風《ユー・シーフォン》になんか負けてたまるか」

「余世風？」

劉成は江の話の脈絡についていけなかった。自分が誉められたと思ったら、なんで急にそれが他の人間の悪口に繫がるのだ。

「あいつを知ってるか？　いわゆる重鎮、中国音楽界の大立て者だ。弟子は多く、皆各地のコンクールで賞を取りまくってきた。その権勢は並ぶ者がない。今日はちょうど向こうのホールで講演がある。なんでも西洋音楽史とかを語ってくださるそうだ」

江の余世風評に込められた皮肉と反発は、実は余自身に向けられたものと言うよりは、余の名声と実力のおこぼれにあずかろうとする取り巻きたちに対するものであった。この少年宮にも巣くう彼らのふるまいは、上昇志向をもたぬ江国華、この誇り高きはぐれ者の目には醜く無様《ぶざま》なものとしか映らず、いつも彼を不愉快にさせてきたのだ。

そして、江が顔をしかめたこの瞬間にも、余世風に取り入ろうとする輩のへつらいは続いていた。講演会の開始直前、少年宮の一室で到着したばかりの余に対し、さっき江とやりあった呉が、バイオリン・コンクールの出場者リストを見せながら説明していた。

「余教授、次のコンクールの件なんですが、ウチのスタッフのミスで教授の学生の林雨《リン・ユー》の出番が八番目になってしまいまして」

「別にかまわんよ。何番目に演奏しても同じだ」

これ見よがしに恐縮する呉を余は軽く流した。余は余で、自分に擦り寄ってくる者の多さにうんざりしていたのだ。それは自分の地位と権威を確認するものでもあったから、その一切を退けるようなことはしなかったが、次代を担う才能の発掘育成の場である少年宮でまで、このような扱いを受けることは余の本意ではなかった。高級なスーツを纏《まと》い、革張りのソファーに腰かけた自分が何やら時代劇の悪役にも感じられ、居心地が悪かった。無意識に手が豊かな顎髭《あごひげ》を撫でたが、それは自分を落ち着かせるための余の癖だった。

「そうはいきません。本命は後半に出場するものです。何番目がよろしいですか？　上の者から教授の御意見を伺っておくように言われているのです」

目の前に広げられたリストを眺めた余は、そこに見覚えのない名前を見つけ、何げなくその名を口に出した。

「劉小春……」

「ああ、この子ですか。江国華の学生です」

「江国華？　久しぶりにその名を聞いたな。此処で教鞭を執っているのかね」

「ええ、そうです」

余世風は、江の名前に懐かしい記憶を甦らせた。

（江国華か、あれは才能のある子だった。順調に育っていれば、今頃は……）

自分が余と呉の話題になっていることも知らず、江国華は劉成と並んで相変わらずのんびりと愛猫のために魚を煮ていたが、そんなところに職員住宅の管理人がやってきて、また電話が入っていると告げた。どうせ弟からだろうと思いながら事務所へ向かった江だが、電話の声が女性で、父の入院先の看護師だと名乗った瞬間、全身に緊張が走った。

「お父様が危険な状態です。大至急、病院へ来てください」

「……わかりました」

ようやくそれだけ言うと、江は受話器を置き、病院へ急いだ。居合わせた小春と劉成も同行する。タクシーを奮発し、受付を走り抜けて病室に向かうと既に駆けつけていた弟の江国賓《ジャン・グオビン》が、懸命に蘇生を試みる医師たちの働きをじっと見守っていた。医師の向こうに見える父、江松年《ジャン・ソンニェン》の顔はやけに青白い。医師の指示を出す声と、看護師の確認の声だけが飛び交う病室は、緊迫した耐え難い空気に包まれていた。

江国華もまた言葉もなく弟と顔を見合わせ、医師たちの措置を見守った。病室内の動きは何度も同じことが繰り返されているように感じられ、それは永遠に続くかに思われたが、やがて医師が突然動きを止め、病室の外に出てきた。

マスクを外した医師は消耗した顔で江国華と国賓に告げた。

「……最善は尽くしたのですが」

兄弟は医師に頭を下げると、争うように病室に入り、父の遺体にすがりついた。

「父さん！」

江国華の裡《うち》で感情が沸騰した。

「帰ってきたよ、父さん。だから、駄目だ。逝っちゃ駄目だ。お願い、目を開けておくれよ」

江国華は父の手を握り締めながら泣き崩れた。心が悲しみで焦げ付くようだった。感情に押し流されながら、江は自分がこの場でこれほど感情的になっていることに驚いていた。自分の心に父に対する想いがこれほどまでに残されていたとは……。

「ごめんなさい、父さん。ぼくは父さんの夢を叶えられなかった……。でも……聞いて、ぼくには今、生徒がいる。彼はぼくより上手いんだ。とても凄い才能をもってる。彼なら、きっと……きっと父さんの夢を、ぼくに託された未来を受け継いで成就させてくれる。だから……安心して、父さん！　戻ってきてよ……」

江は泣きながら、涙に浄化されていく自分を感じていた。長い間、彼を縛り付けてきた意地やこだわりが解けていくのを感じていた。

遺体の向こう側では、江国賓がやはり父の手を取りながら跪《ひざまず》き、背中を震わせていた。床に向けられた顔から押し殺した嗚咽《おえつ》が洩れている。

兄弟の深い嘆きに引き込まれるようにして、小春も病室に入っていきそうになったが、劉成はこれを引き止め、息子を連れて静かに病室を離れた。

近くの廊下に置かれたベンチに腰を下ろした劉成と小春は全身から力が抜けた状態で、厳粛な気持ちに囚《とら》われていたが、これは無理もなかった。小春にとっては生まれて初めて間近に見る人の死であったし、劉成にとっても自分が看取ることのできなかった両親と妹の最期の瞬間に想いを馳せざるを得ない体験だったのだ。父子はそれぞれにショックを受け、なんとかこの苦い薬を飲み下そうと苦悶していた。

長いような短い時間が流れ、劉成が沈黙を破って口を開いた。

「なあ、小春、もしお父さんが死ぬときがきたら、おまえは傍《そば》にいてくれるかい？」

こんなことは、親として子に訊くべきことではないと劉成は頭の半分で考えたが、どうしても訊いてみたくもあり、その誘惑に負けて口に出してしまったのだ。

小春は意志を言葉にすることはできなかったが、父をしっかりとみつめながら頷いてみせた。劉成は、そんな思いつめた表情の小春の肩を抱き、その細っこい身体を包み込んだ。

冷え冷えとした病院の廊下において、息子の身体の発するぬくもりだけが真実の存在であった。そして、小春にとってもまた……。

著者紹介

伊藤卓（いとう・たかし）

アジア娯楽文化研究家。

大学卒業後はPR誌など企業出版物の編集・執筆に従事していたが、1980年代半ばからアジア映画の魅力に目覚め、中国語圏の作品を中心に日本未公開作品も含めた作品の鑑賞と研究を重ね、90年代からは現地にも赴き映画祭や映画館に通う。以後、『キネマ旬報』『SFマガジン』などの雑誌、「楽園の瑕」「夢翔る人　色情男女」といった作品の劇場用パンフレット、東京国際映画祭〈アジアの風〉カタログ、『中華電影超級市場』(メトロポリタン出版)や『中華電影完全データブック』（キネマ旬報社）等の単行本に寄稿。企画・編集・執筆に携わった主な著作には、『香港電影バラエティブック』(草思社)、『香港電影広告大鑑』シリーズ(ワイズ出版)、『武侠小説の巨人　金庸の世界』(徳間書店)などがある(全て共著・共編)。

北京バイオリン　上

2007年7月9日　初版発行

著者　伊藤卓

発行人　小林光
編集人　青木眞弥
編集　神保憲史

デザイン　オフィス・ハル

発行所　株式会社キネマ旬報社
〒107-8563
東京都港区赤坂4－9－17　赤坂第一ビル
TEL: 03-6439-6474（出版部）
03-6439-6462（販売営業部）
FAX: 03-6439-6489

ISBN978-4-87376-291-3
振替　00100-0-182624

印刷・製本　株式会社精興社

Original Chinese script written by Yan Gang / Chen Kaige
Published with permission granted by WAKO/MAXAM through MICO
企画協力：MICO 株式会社国際メディア・コーポレーション／株式会社ワコー／株式会社マクザム